北京師範大學圖書館藏

程乙本

紅樓夢

【五】

曹雪芹／著

無名氏／續

程偉元　高　鶚／整理

人民文學出版社

紅樓夢第八十一回

占旺相四美釣游魚　奉嚴詞兩番入家塾

且說迎春歸去之後邢夫人像沒有這事倒是王夫人撫養了一場却甚實傷感在房中自已歎息了一回只見寶玉走來請安看見王夫人臉上似有淚痕也不敢坐只在傍邊站着王夫人叫他坐下寶玉纔捱上炕來就在王夫人身傍坐了王夫人見他呆呆的瞅着似有欲言不言的光景便道你又爲什麽這樣呆呆的寶玉道並不爲什麽只是昨兒聽見二姐姐這種光景我實在替他受不得雖不敢告訴老太太却這兩夜只是睡不着我想偺們這樣人家的姑娘那裡受得這樣的委屈況且

二姐姐是個最懦弱的人向來不會和人拌嘴偏偏兒的遇見這樣没人心的東西竟一點兒不知道女人的苦處說着幾乎滴下淚來王夫人道這也是没法兒的事俗語說的嫁出去的女孩兒潑出去的水叫我能怎麼樣呢寶玉道我昨兒夜裡倒想了一個主意咱們索性回明了老太太把二姐姐接回來還叫他紫菱洲住着仍舊我們姐妹弟兄們一塊兒吃一塊兒頑省得受孫家那混賬行子的氣等他來接偺們硬不叫他去由他接一百回咱他留一百回只說是老太太的主意這個豈不好呢王夫人聽了又好笑又好惱說道你又發了獃氣了混說的是什麼大凡做了女孩兒終久是要出門子的嫁到人家去

娘家那裡顧得他也只好看他自已的命運碰的好就好碰的不好也就没法兒你難道没聽見人說嫁鷄隨鷄嫁狗隨狗那裡個個都像你大姐姐做娘娘呢况且你二姐姐是新媳婦孫姑爺也還是年輕的人各人有各人的脾氣新來乍到自然要有些扭彆的過幾年大家摸着脾氣兒生兒長女以後那就好了你斷斷不許在老太太跟前說起半個字我知道了是不依你的快去幹你的去罷別在這裡混說了說的寶玉也不敢作聲坐了一回無精打彩的出來了彆著一肚子悶氣無處可泄走到園中一逕往瀟湘館來剛進了門便放聲大哭起來黛玉正在梳洗纔畢見寶玉這個光景倒嚇了一跳問是怎麽了合誰

慪了氣了連問幾聲寶玉低着頭伏在桌子上嗚嗚咽咽哭的說不出話來黛玉便在椅子上怔怔的瞅著他一會子問道到底是別人合你慪了氣了還是我得罪了你呢寶玉搖手道都不是都不是黛玉道那麼着為什麼這麼傷心起來寶玉道我只想著偺們大家越早些死的越好活著真真沒有趣兒黛玉聽了這話更覺驚訝道這是什麼話你真正發了瘋了不成寶玉道也並不是我發瘋我告訴你你也不能不傷心前兒二姐姐回來的樣子和那些話你也都聽見看見了我想人到了大的時候為什麼要嫁嫁出去受人家這般苦楚還記得偺們初結海棠社的時候大家吟詩做東道那時候何等熱鬧如今寶

姐姐家去了連香菱也不能過來二姐姐又出了門子了幾個知心知意的人都不在一處弄得這樣光景我原打算去告訴老太太接二姐姐囘來誰知太太不依倒說我獃混說我又不敢言語這不多幾時你瞧瞧園中光景已經大變了若再過幾年又不知怎麼樣了故此越想不由的人心裡難受起來黛玉聽了這番言語把頭漸漸的低了下去身子漸漸的退至炕上一言不發嘆了口氣便向裡躺下去了紫鵑剛拿進茶來見他兩個這樣正在納悶只見襲人來了進來看見寶玉便道二爺在這裡呢麼老太太那裡叫呢我估量著二爺就是在這裡黛玉聽見是襲人便欠身起來讓坐黛玉的兩個眼圈兒已經哭

的通紅了寶玉看見道妹妹我剛纔說的不過是些獃話你也不用傷心了要想我的話時身子更要保重纔好你歇歇兒罷老太太那邊叫我我看看去就來說着往外走了襲人悄問黛玉道你兩個人又為什麼黛玉道他為他二姐姐傷心我是剛纔眼睛發癢揉的並不為什麼襲人也不言語忙跟了寶玉出來各自散了寶玉來到賈母那邊賈母却已經歇晌只得回到

怡紅院到了午後寶玉睡了中覺起來甚覺無聊隨手拿了一本書看襲人見他看書忙去沏茶伺候誰知寶玉拿的那本書却是古樂府隨手翻來正看見曹孟德對酒當歌人生几何一首一覺刺心因放下這一本又拿一本看時却是晉文翻了幾

頁忽然把書掩上托着腮只管痴痴的坐着襲人倒了茶來見他這般光景便道你為什麼又不看了寶玉也不答言接過茶來喝了一口便放下了襲人一時摸不着頭腦也只管站在傍邊獃獃的看着他忽見寶玉站起來嘴裡咕咕噥噥的說道好一個放浪形骸之外襲人聽了又好笑又不敢問他只得勸道你若不愛看這些書不如還到園裡逛逛也省得悶出毛病來那寶玉一面口中答應只管出着神往外走了一時走到沁芳亭但見蕭疎影象人去房空又來至蘅蕪院更是香草依然門牕掩閉轉過藕香榭來遠遠的只見幾個人在蓼溆一帶闌干上靠着有幾個小丫頭蹲在地下找東西寶玉輕輕的走在假

山背後聽著只聽一個說道看他狀上來不狀上來好似李紋的語音一個笑道好下去了我知道他不上來的這個卻是探春的聲音一個又道是了姐姐你別動只管等着他橫豎上來一個又說上來了這兩個是李綺邢岫烟的聲兒寶玉忍不住拾了一塊小磚頭兒往那水裏一撂咕咚一聲四個人都嚇了一跳驚訝道這是誰這麼促狹唬了我們一跳寶玉笑着從山子後直跳出來笑道你們好樂啊怎麼不叫我一聲兒探春道我就知道再不是別人必是二哥哥這麼淘氣沒什麼說的你好好兒的賠我們的魚罷剛纔一個魚上來剛剛兒的要釣着叫你唬跑了寶玉笑道你們在這裏頑竟不找我我還要罰你

們呢大家笑了一回寶玉道偺們大家今兒釣魚占占誰的運氣好看誰釣得着就是他今年的運氣好釣不着就是他今年運氣不好偺們誰先釣探春便讓李紋李紋不肯探春笑道這樣就是我先釣回頭向寶玉說道二哥哥你再赶走了我的魚我可不依了寶玉道頭裡原是我要唬你們頑這會子你只管釣罷探春把絲繩抛下沒十來句話的工夫就有一個楊葉竄兒吞着鈎子把漂兒墜下去探春把竿一挑往地下一撩却是活迸的侍書在滿地上亂抓兩手捧着擱在小磁罈內清水養著探春把釣竿遞與李紋李紋也把釣竿垂下但覺絲兒一動忙挑起來却是個空鈎子又垂下去半晌鈎絲一動又挑起來

還是空鈎子李紋把那鈎子拿上來一瞧原來往裡鈎了李紋笑道怪不得釣不著忙叫素雲把鈎子敲好了換上新虫子上邊貼好了葦片兒垂下去一會兒見葦片直沉下去急忙提起來倒是一個二寸長的鯽瓜兒李紋笑著道寶哥哥釣罷寶玉道索性三妹妹合邢妹妹釣了我再釣岫烟却不答言只見李綺道寶哥哥先釣罷說着水面上起了一個泡兒探春道不必儘着讓了你看那魚都在三妹妹那邊呢還是三妹妹快着釣罷李綺笑著接了釣竿兒果然沉下去就釣了一個然後岫烟來釣著了一個隨將竿子仍舊遞給探春探春纔遞與寶玉寶玉道我是要做姜太公的便走下石磯坐在池邊釣起來豈知

那水裡的魚看見人影兒都躲到別處去了寶玉掄着釣竿等了半天那釣絲兒動也不動剛有一個魚兒在水邊吐沫寶玉把竿子一幌又唬走了急的寶玉道我最是個性兒急的人他偏性兒慢這可怎麽樣呢好魚兒快來罷你也成全成全我呢說的四人都笑了一言未了只見釣絲微微一動寶玉喜極滿懷用力往上一兜把釣竿往石上一碰折作兩段絲也振斷了鈎子也不知往那裡去了衆人越發笑起來探春道再沒見像你這樣鹵人正說着只見麝月慌慌張張的跑來說二爺老太太醒了叫你快去呢五個人都唬了一跳探春便問麝月道老太太叫二爺什麽事麝月道我也不知道就只聽見說是什麼

開破了叫寶玉來問還要叫璉二奶奶一塊兒查問呢嚇得寶玉發了一個獃說道不知又是那個丫頭遭了瘟了探春道不知什麽事二哥哥你快去有什麽信兒先叫麝月來告訴我們一聲兒說着便同李紋李綺岫烟走了寶玉走到賈母房中只見王夫人陪着賈母摸牌寶玉看見無事纔把心放下了一半賈母見他進來便問道你前年那一次得病的時候後來虧了一個瘋和尚和個瘸道士治好了的那會子病裡你覺得是怎麽樣寶玉想了一回道我記得得病的時候兒好好的站着倒像背地裡有人把我攔頭一棍疼的眼睛前頭漆黑看見滿屋子裡都是些青面獠牙拿刀舉棒的惡鬼躺在炕上覺得腦袋

上加了幾個腦箍是的已後便疼的任什麼不知道了到好的時候又記得堂屋裡一片金光直照到我床上來那些鬼都跑着躲避就不見了我的頭也不疼了心上也就清楚了賈母告訴王夫人道這個樣兒也就差不多了說着鳳姐也進來了見了賈母又回身見過了王夫人說道老祖宗要問我什麼賈母道你那年中了邪的時候兒你還記得麼鳳姐兒笑道我也不狠記得了但覺自已身子不由自主倒像有什麼人拉拉扯扯要我殺人纔好有什麼拿什麼見什麼殺什麼自已原覺狠乏只是不能住手賈母道好的時候兒呢鳳姐道好的時候好像空中有人說了幾句話是的却不記得說什麼來着賈母道這

麽看起來竟是他了他姐兒兩個病中的光景合纔說的一樣這老東西竟這樣壞心寶玉枉認了他做乾媽倒是這個和尚道人阿彌陀佛纔是救寶玉性命的只是沒有報答他鳳姐道怎麽老太太想起我們的病來呢賈母道你問你太太我懶待說王夫人道纔剛老爺進來說起寶玉的乾媽竟是個混賬東西邪魔外道的如今鬧破了被錦衣府拿住送入刑部監要問死罪的了前幾天被人告發的那個人叫做什麽潘三保有一所房子賣給斜對過當舖裡這房子加了幾倍價錢潘三保還要加當舖裡那裡還肯潘三保便買囑了這老東西因他常到當舖裡去那當舖裡人的內眷都和他好的他就使了個法

見叫人家的內人便得了邪病家翻宅亂起來他又去說這個病他能治就用些神馬紙錢燒獻了果然見效他又向人家內眷們要了十幾兩銀子豈知老佛爺有眼應該敗露了這一天急要回去掉了一個絹包兒當鋪裡人撿起來一看裡頭有許多紙人還見四丸子狠香的香正詫異着呢那老東西倒回來找這絹包兒這裡的人就把他拿住身邊一搜搜出一個匣子裡面有象牙刻的一男一女不穿衣裳光著身子的兩個魔王還有七根硃紅繡花針立時送到錦衣府去問出許多官員家大戶太太姑娘們的隱情事來所以知會了營裡把他家中一抄抄出好些泥塑的煞神幾匣子悶香炕背後空屋子裡掛著

一盞七星燈燈下有幾個草人有頭上戴着腦箍的有胸前穿着釘子的有項上拴著鎖子的櫃子裡無數紙人兒底下幾篇小賬上面記著某家驗過應找銀若干得人家有錢香分也不計其數鳳姐道偺們的病一準是他我記得偺們病後那老妖精向趙姨娘那裡來過幾次和趙姨娘討銀子見了我就臉上變貌變色兩眼黧雞是的我當初還猜了幾遍總不知什麼原故如今說起來却原來都是有因的但只我在這裡當家自然惹人恨怨怪不得別人治我寶玉可合人有什麼讐呢忍得下這麽毒手賈母道焉知不因我疼寶玉不疼環兒竟給你們種了毒了呢王夫人道這老貨已經問了罪決不好叫他來對証

没有對証趙姨娘那裡肯認賬事情又大鬧出来外面也不雅等他自作自受少不得要自已敗露的賈母道你這話說的也是這樣事没有對証也難作準只是佛爺菩薩看的真他們姐兒兩個如今又比誰不濟了呢罷了過去的事鳳哥兒也不必提了今日你合你太太都在我這邊吃了晚飯再過去能遂叫鴛鴦琥珀等傳飯鳳姐赶忙笑道怎麽老祖宗倒操起心来王夫人也笑了只見外頭幾個媳婦伺候鳳姐連忙告訴小丫頭子傳飯我合太太都跟着老太太吃正說着只見玉釧兒走來對王夫人道老爺要找一件什麽東西請太太伺候了老太太太的飯完了自已去找一找呢賈母道你去罷保不住你老爺有

要緊的事王夫人答應着便留下鳳姐兒伺候自己退了出來回至房中合賈政說了些閒話把東西找出來了賈政便問道迎兒已經回去了他在孫家怎麼樣王夫人道迎丫頭一肚子眼淚說孫姑爺兇橫的了不得因把迎春的話述了一遍賈政嘆道我原不知是對頭無奈大老爺已說定了叫我也沒法不過迎丫頭受些委屈罷了王夫人道這還是新媳婦只指望他已後好了好說着嗤的一笑賈政道笑什麼王夫人道我笑寶玉兒早起特特的到這屋裡來說的都是些小孩子話賈政道他說什麼王夫人把寶玉的言語笑述了一遍賈政也忍不住的笑因又說道你提寶玉我正想起一件事來了這孩子天天

放在園裡也不是事生女兒不得濟還是別人家的人生兒若不濟事關係非淺前日倒有人和我提起一位先生來學問人品都是極好的也是南邊人但我想南邊先生性情最是和平偺們城裡的孩子個個踢天弄井鬼聰明倒是有的可以搪塞就搪塞過去了膽子又大先生再要不肯給沒臉一日哄哥兒是的沒的白耽悞了所以老輩子不肯請外頭的先生只在本家擇出有年紀再有點學問的請來掌家塾如今儒大太爺雖學問也只中平但還彈壓的住這些小孩子們不至以顢頇了事我想寶玉閒着總不好不如仍舊叫他家塾中讀書去罷了王夫人道老爺說的狠是自從老爺外任去了他又常病竟耽

擱了好幾年如今且在家學裡温習温習也是好的賈政點頭
又說些閒話不題且說寶玉次日起來梳洗已畢早有小厮們
傳進話來說老爺叫二爺說話寶玉忙整理了衣裳來至賈政
書房中請了安站着賈政道你近來作些什麼功課雖有幾篇
字也算不得什麼我看你近來的光景越發比頭幾年散蕩了
况且每每聽見你推病不肯念書如今可大好了我還聽見你
天天在園子裡和姐妹們頑頑笑笑甚至和那些丫頭們混鬧
把自己的正經事總丟在腦袋後頭就是做得幾句詩詞也並
不怎麼樣有什麼稀罕處比如應試選舉到底以文章爲主你
這上頭倒沒有一點兒工夫我可囑咐你自今日起再不許做

詩做對的了单要習學八股文章限你一年若毫無長進你也不用念書了我也不願有你這樣的兒子了遂叫李貴來說明兒一早傳焙茗跟了寶玉去收拾應念的書籍一齊拿過來我看看親自送他到家學裡去喝命寶玉去罷明日起早來見我寶玉聽了半日竟無一言可答因回到怡紅院來襲人正在着急聽信見說取書倒也喜歡獨是寶玉要人即刻送信給賈母欲叫攔阻賈母得信便命人叫過寶玉來告訴他說只管放心先去別叫你老子生氣有什麼難為你有我呢寶玉沒法只得回來囑咐了丫頭們明日早早叫我老爺要等着送我到家學裡去呢襲人等答應了同麝月兩個倒替着醒了一夜次日一

早襲人便叫醒寶玉梳洗了換了衣裳打發小丫頭子傳了焙茗在二門上伺候拿着書籍等物襲人又催了兩遍寶玉只得出來過賈政書房中來先打聽老爺過來了沒有書房中小廝答應方纔一位清客相公請老爺回話裡邊說梳洗呢命清客相公出去候着去了寶玉聽了心裡稍稍安頓連忙到賈政這邊來恰好賈政着人來叫寶玉便跟着進去賈政不免又吩咐幾句話帶了寶玉上了車焙茗拿着書籍一直到家塾中來已有人先搶一步回代儒說老爺來了代儒站起身來賈政早已走入向代儒請了安代儒拉着手問了好又問老太太近日安麼寶玉過來也請了安賈政站着請代儒坐了然後坐下賈政

道我今日自已送他來因要求托一番這孩子年紀也不到底要學個成人的舉業纔是終身立身成名之事如今他在家中只是和些孩子們混鬧雖懂得幾句詩詞也是胡謅亂道的就是好了也不過是風雲月露與一生的正事毫無關涉代儒道我看他相貌也還體面靈性也還去得爲什麼不念書只是心野貪頑詩詞一道不是學不得的只要發達了巳後再學還不遲呢賈政道原是如此目今只求叫他讀書講書作文章倘或不聽教訓還求太爺認眞的管教管教他纔不至有名無寔的白耽悞了他的一世說畢站起來又作了一個揖然後說了些閒話纔辭了出去代儒送至門首說老太太前替我問好

請安罷賈政答應着自已上車去了代儒回身進來看見寶玉在西南角靠窗戶擺着一張花梨小棹右邊堆下兩套舊書薄薄兒的一本文章叫焙茗將紙墨筆硯都擱在抽屜裡藏着代儒道寶玉我聽見說你前兒有病如今可大好了寶玉站起來道大好了代儒道如今論起來你可也該用功了你父親望你成人懇切的狠你且把從前念過的書打頭兒理一遍每日早起理書飯後寫字晌午講書念幾遍文章就是了寶玉答應了個是回身坐下時不免四面一看見昔時金榮輩不見了幾個又添了幾個小學生都是些粗俗異常的忽然想起秦鐘來如今沒有一個做得伴說句知心話兒的心上凄然不樂却不敢

作聲只是悶着看書代儒告訴寶玉道今日頭一天早些放你家去罷明日要講書了但是你又不是很愚夯的明日我倒要你先講一兩章書我聽試試你近來的工課何如我纔曉得你到怎麽個分兒上頭說的寶玉心中亂跳欲知明日講解何如且聽下回分解

紅樓夢第八十一回終

紅樓夢第八十二回

老學究講義警頑心　病瀟湘痴魂驚惡夢

話說寶玉下學回來見了賈母賈母笑道好了如今野馬上了籠頭了去罷見見你老爺去來散散兒去罷寶玉答應着去見賈政賈政道這早晚就下了學了麽師父給你定了工課沒有寶玉道定了早起理書飯後寫字晌午講書念文章賈政聽了點點頭兒因道去罷還到老太太那邊陪着坐坐去你也該學些人功道理别一味的貪頑晚上早些睡天天上學早些起來你聽見了寶玉連忙答應幾個是退出來忙忙又去見王夫人又到賈母那邊打了個照面兒趕着出來恨不得一走就走到

瀟湘館纔好剛進門口便拍着手笑道我依舊回來了猛可裡倒唬了黛玉一跳紫鵑打起簾子寶玉進來坐下黛玉道我恍惚聽見你念書去了這麽早就回來了寶玉道噯呀了不得我今兒不是被老爺叫了念書去了麽心上倒像没有和你們見面的日子了好容易熬了一天這會子瞧見你們竟如死而復生的一樣眞眞古人說一日三秋這話再不錯的黛玉道你上頭去過了没有寶玉道都去過了黛玉道别處呢寶玉道没有黛玉道你也該瞧瞧他們去寶玉道我這會子懶待動了只和妹妹坐着說一會子話兒罷老爺還叫早睡早起只好明兒再瞧他們去了黛玉道你坐坐兒可是正該歇歇兒去了寶玉道

我那裡是乏只是悶得慌這會子偺們坐着纔把悶散了你又催起我來黛玉微微的一笑因叫紫鵑把我的龍井茶給二爺沏一碗二爺如今念書了比不得頭裡紫鵑笑着答應去拿茶葉叫小丫頭子沏茶寶玉接着說道還提什麽念書我最厭這些道學話更可笑的是八股文章拿他誆功名混飯吃也罷了還要說代聖賢立言好些的不過拿些經書湊搭湊搭還罷了更有一種可笑的肚子裡原沒有什麽東拉西扯弄的牛鬼蛇神還自以爲博奥這那裡是闡發聖賢的道理目下老爺口口聲聲叫我學這個我又不敢違拗你這會子還提念書呢黛玉道我們女孩兒家雖然不要這個但小時跟著你們雨村先生

念書也曾看過內中也有近情近理的也有清微淡遠的那時候雖不大懂也覺得好不可一槩抹倒況且你要取功名這個也清貴些寶玉聽到這裡覺得不甚入耳因想黛玉從來不是這樣人怎麽也這樣勢欲薰心起來又不敢在他跟前駁回只在鼻子眼裡笑了一聲正說着忽聽外面兩個人說話却是秋紋和紫鵑只聽秋紋道襲人姐姐叫我老太太那裡接去誰知却在這裡紫鵑道我們這裡纔沏了茶索性讓他喝了再去說著二人一齊進來寶玉和秋紋笑道我就過去又勞動你來找秋紋未及答言只見紫鵑道你快喝了茶去罷人家都想了一天了秋紋啐道呸好混賬丫頭說的大家都笑了寶玉起身纔

辭了出來黛玉送到屋門口見紫鵑在臺堦下站着寶玉出去纔回房裡來却說寶玉回到怡紅院中進了屋子只見襲人從裡間迎出來便問回來了麼秋紋應道二爺早來了在林姑娘那邊來着寶玉道今日有事没有襲人道事却没有方纔太太叫鴛鴦姐姐來吩咐我們如今老爺發狠叫你念書如有丫鬟們再敢和你頑笑都要照着晴雯司棋的例辦我想伏侍你一塲賺了這些言語也没什麼趣兒說着便傷起心來寶玉忙道好姐姐你放心我只好生念書太太再不說你們了我今兒晚上還要看書明日師父叫我講書呢我要使喚横豎有麝月秋紋呢你歇歇去罷襲人道你要真肯念書我們伏侍你也是歡

喜的寶玉聽了赶忙的吃了晚飯就叫點燈把念過的四書翻出來只是從何處看起翻了一本看去章章裡頭似乎明白細按起來却不很明白看着小註又看講章鬧到起更以後了自已想道我在詩詞上覺得很容易在這個上頭竟沒頭腦便坐着呆呆的默想襲人道歇歇罷做工夫也不在這一時的寶玉嘴裡只管胡亂答應麝月襲人纔伏侍他睡下兩個纔也睡了及至睡醒一覺聽得寶玉炕上還是翻來覆去襲人道你還醒著呢麼你倒別混想了養養神明兒好念書寶玉道我也是這樣想只是睡不著你來給我揭去一層被襲人道天氣不熱別揭罷寶玉道我心裡煩躁的很自把被窩褪下來襲人忙爬起

來按住把手去他頭上一摸覺得微微有些發燒襲人道你別動了有些發燒了寶玉道可不是襲人道這是怎麽說呢寶玉道不怕是我心煩的原故你別吵嚷省得老爺知道了必說我裝病逃學不然怎麽病的這麽巧明兒好了原到學裡去就完事了襲人也覺得可憐說道我靠着你睡罷便和寶玉搥了一回脊梁不知不覺大家都睡着了直到紅日高升方纔起來寶玉道不好了晚了急忙梳洗畢問了安就往學裡來了代儒已經變着臉說怪不得你老爺生氣說你沒出息第二天你就懶惰這是什麽時候纔來寶玉把昨兒發燒的話說了一遍方過去了原舊念書到了下晚代儒道寶玉有一章書你來講講寶

玉過來一看却是後生可畏章寶玉心上說這還好幸虧不是學庸問道怎麽講呢代儒道你把節旨句子細細兒講來寶玉把這章先朗朗的念了一遍說這章書是聖人勉勵後生教他及時努力不要弄到說到這裡擡頭向代儒一看代儒覺得了笑了一笑道你只管說講書是沒有什麽避忌的禮記上說臨文不諱只管說不要弄到什麽寶玉道不要弄到老大無成先將可畏二字激發後生的志氣後把不足畏二字警惕後生的將來說罷看着代儒代儒道也還罷了串講呢寶玉道聖人說人生少時心思才力樣樣聰明能幹實在是可怕的那裡料的定他後來的日子不像我的今日若是悠悠忽忽到了四十歲

又到五十歲既不能彀發達這種人雖是他後生時像個有用的到了那個時候這一輩子就沒有人怕他了代儒笑道你方纔節旨講的倒清楚只是句子裏有些孩子氣無聞二字不是不能發達做官的話聞是寔在自已能彀明理見道就不做官也是有聞了不然古聖賢有遯世不見知的豈不是不做官的人難道也是無聞麽不足畏是使人料得定方與焉知的知字對針不是怕的字眼要從這裏看出方能入細你懂得不懂得寶玉道懂得了代儒道還有一章你也講一講代儒往前揭了一篇指給寶玉寶玉看時吾未見好德如好色者也寶玉覺得這一章却有些刺心便陪笑道這句話沒有什麽講頭代儒道

胡說譬如塲中出了這個題目也說沒有做頭麼寶玉不得已講道是聖人看見人不肯好德見了色便好的了不得殊不想德是性中本有的東西人偏都不肯好他至於那個色呢雖也是從先天中帶來無人不好的但是德乃天理色是人慾人那裡肯把天理好的像人慾是的孔子雖是嘆息的話又是望人回轉來的意思並且見得人就有好德的好的終是浮淺直要像色一樣的好起來那纔是真好呢代儒道這也講的罷了我有句話問你你既懂得聖人的話爲什麼正犯著這兩件病我雖不在家中你們老爺也不曾告訴我其實你的毛病我都盡知的做一個人怎麼不望長進你這會兒正是後生可畏的時

候有間不足畏全在你自巳做去了我如今限你一個月把念過的舊書全要理清再念一個月文章巳後我要出題目叫你作文章了如若懈怠我是斷乎不依的自古道成人不自在自在不成人你好生記着我的話寶玉答應了也只得天天按着功課幹去不提且說寶玉上學之後怡紅院中甚覺清淨閒暇襲人倒可做些活計拿着針線要繡個檳榔包兒想這如今寶玉有了工課丫頭們可也沒有饑荒了早要如此晴雯何至弄到沒有結果兎死狐悲不覺歎起氣来忽又想到自巳終身本不是寶玉的正配原是偏房寶玉的爲人却還拿得住只怕娶了一個利害的自巳便是尤二姐香菱的後身素来看著賈母

王夫人光景及鳳姐兒往往露出話來自然是黛玉無疑了那黛玉就是個多心人想到此際臉紅心熱拿著針不知戳到那裡去了便把活計放下走到黛玉處去探探他的口氣黛玉正在那裡看書見是襲人欠身讓坐襲人也連忙迎上來問姑娘這幾天身子可大好了黛玉道那裡能彀不過略硬朗些你在家裡做什麼呢襲人道如今寶二爺上了學屋裡一點事兒沒有因此來瞧瞧姑娘說說話兒說着紫鵑拿茶來襲人忙站起來道妹妹坐着罷因又笑道我前兒聽見秋紋說妹妹背地裡說我們什麼來着紫鵑也笑道姐姐信他的話我說寶二爺上了學寶姑娘又隔斷了連香菱也不過來自然是悶的襲人道

你還提香菱呢這纔苦呢撞着這位太歲奶奶難爲他怎麽過把手伸着兩個指頭道說起來比他還利害連外頭的臉面都不顧了黛玉接着道他也彀受了尤二姑娘怎麽死了襲人道可不是想來都是一個人不過名分裏頭差些何苦這樣毒外面名聲也不好聽黛玉從不聞襲人背地裏說人今聽此話有因心裏一動便說道這也難說但凡家庭之事不是東風壓了西風就是西風壓了東風襲人道做了旁邊人心裏先怯那裏倒敢欺負人呢說着只見一個婆子在院裏問道這裏是林姑娘的屋子麽那位姐姐在這裏呢雪雁出來一看模糊認的是薛姨媽那邊的人便問道作什麽婆子道我們姑娘打發來給

這裡林姑娘送東西的雪雁道略等等兒雪雁進來回了黛玉黛玉便叫領他進來那婆子進來請了安且不說送什麼只是覷着眼瞧黛玉看的黛玉臉上倒不好意思起來因問道寶姑娘叫你來送什麼婆子方笑着回道我們姑娘叫給姑娘送了一瓶兒蜜餞荔支來回頭又瞧見襲人便問道這位姑娘不是寶二爺屋裡的花姑娘麼襲人笑道媽媽怎麼認的我婆子笑道我們只在太太屋裡看屋子不大跟太太姑娘出門所以姑娘們都不大認得姑娘們碰着到我們那邊去我們都模糊記得說着將一個瓶兒遞給雪雁又回頭看看黛玉因笑著向襲人道怨不得我們太太說這林姑娘和你們寶二爺是一對兒

原來真是天仙似的襲人見他說話造次連忙岔道媽媽你乏了坐坐吃茶罷那婆子笑嘻嘻的道我們那裡忙呢都張羅琴姑娘的事呢姑娘還有兩瓶荔枝叫給寶二爺送去說著顫顫巍巍告辭出去黛玉雖惱這婆子方纔冒撞但因是寶釵使來的也不好怎麼樣他等他出了屋門纔說一聲道給你們姑娘道費心那老婆子還只管嘴裡咕咕噥噥的說道這樣好模樣兒除了寶玉什麼人擎受的起黛玉只粧沒聽見襲人笑道怎麼人到了老來就是混說白道的叫人聽着又生氣又好笑一時雪雁拿過瓶子來給黛玉看黛玉道我懶待吃拿了擱起去罷又說了一回話襲人纔去了一時晚粧將卸黛玉進了套間猛

抬頭看見了荔枝瓶不禁想起日間老婆子的一番混話甚是刺心當此黃昏人靜千愁萬緒堆上心來想起自巳身子不牢年紀又大了看寶玉的光景心裡雖沒別人但是老太太舅母又不見有半點意思深恨父母在時何不早定了這頭婚姻又轉念一想道倘若父母在時別處定了婚姻怎能殼似寶玉這般人材心地不如此時尚有可圖心內一上一下輾轉纏綿竟像轆轤一般嘆了一回氣吊了几點淚無情無緒和衣倒下不知不覺只見小丫頭走來說道外面雨村賈老爺請姑娘黛玉道我雖跟他讀過書卻不比男學生要見我做什麼況且他和舅舅往來從未提起我也不必見的因叫小丫頭回覆身上有

病不能出來與我請安道謝就是了小丫頭道只怕要與姑娘道喜南京還有人來接說着又見鳳姐同邢夫人王夫人寶釵等都來笑道我們一來道喜一來送行黛玉慌道你們說什麽話鳳姐道你還粧什麽呆你難道不知道林姑爺陞了湖北的糧道娶了一位繼母十分合心合意如今想着你撂在這裡不成事體因托了賈雨村作媒將你許了你繼母的什麽親戚還說是續弦所以着人到這裡來接你回去大約一到家中就要過去的都是你繼母作主怕的是道兒上沒有照應還叫你璉二哥哥送去說得黛玉一身冷汗黛玉又恍惚父親果在那裡做官的樣子心上急着硬說道沒有的事都是鳳姐姐混鬧只

見邢夫人向王夫人使個眼色兒他還不信呢偺們走罷黛玉含着淚道二位舅母坐坐去衆人不言語都冷笑而去黛玉此時心中乾急又說不出來哽哽咽咽恍惚又是和賈母在一處的是的心中想道此事惟求老太太或還有救於是兩腿跪下去抱着賈母的腿說道老太太救我我南邊是死也不去的况且有了繼母又不是我的親娘我是情願跟着老太太一塊兒的但見賈母呆着臉兒笑道這個不干我的事黛玉哭道老太太這是什麽事呢老太太道續弦也好倒多得一副粧奩黛玉哭道我在老太太跟前決不使這裏分外的閒錢只求老太太救我賈母道不中用了做了女人總是要出嫁的你孩子家不

知道在此地終非了局黛玉道我在這裡情愿自已做個奴婢過活自做自吃也是願意只求老太太作主見賈母總不言語黛玉又抱着賈母哭道老太太你向來最是慈悲的又最疼我的到了緊急的時候兒怎麼全不管你别說我是你的外孫女兒是隔了一層了我的娘是你的親生女兒看我娘分上也該護庇些說着撞在懷裡痛哭聽見賈母道鴛鴦你來送姑娘出去歇歇我倒被他鬧乏了黛玉情知不是路了求去無用不如尋個自盡站起來往外就走深痛自已沒有親娘便是外祖母與舅母姊妹們平時何等待的好可見都是假的又一想今日怎麼獨不見寶玉或見他一面他還有法兒便見寶玉站在面

前笑嘻嘻的說妹妹大喜呀黛玉聽了這一句話越發急了也
顧不得什麼了把寶玉緊緊拉住說好寶玉我今日纔知道你
是個無情無義的人了寶玉道我怎麼無情無義你既有了人
家兒咱們各自幹各自的了黛玉越聽越氣越沒了主意自得
拉着寶玉哭道好哥哥你叫我跟了誰去寶玉道你要不去就
在這裡住着你原是許了我的所以你纔到我們這裡來我待
你是怎麼樣的你也想想黛玉恍惚又像果曾許過寶玉的心
內忽又轉悲作喜問寶玉道我是死活打定主意的了你到底
叫我去不去寶玉道我說叫你住下你不信我的話你就瞧瞧
我的心說着就拿着一把小刀子往胸口上一劃只見鮮血直

流黛玉嚇得魂飛魄散忙用手握着寶玉的心窩哭道你怎麽做出這個事來你先來殺了我罷寶玉道不怕我拿我的心給你瞧還把手在劃開的地方兒亂抓黛玉又顫又哭又怕人撞破抱住寶玉痛哭寶玉道不好了我的心沒有了活不得了說著眼睛往上一番咕咚就倒了黛玉拚命放聲大哭只聽見紫鵑叫道姑娘姑娘怎麽魘住了快醒醒兒脫了衣服睡罷黛玉一翻身却原來是一場惡夢喉間猶是哽咽心上還是亂跳枕頭上已經濕透肩背身心但覺冰冷想了一回父母死的久了和寶玉尚未放定這是從那裡說起又想夢中光景無倚無靠再真把寶玉死了那可怎麽樣好一時痛定思痛神魂俱亂又

哭了一回遍身微微的出了一點兒汗扎掙起來把外罩大襖脫了叫紫鵑蓋好了被窩又躺下去翻來覆去那裏睡得着只聽得外面淅淅颯颯又像風聲又像雨聲又停了一會子又聽得遠遠的吆呼聲兒却是紫鵑已在那裏睡着鼻息出入之聲自己扎掙着爬起來圍着被坐了一會覺得牕縫裏透進一縷冷風來吹得寒毛直豎便又躺下正要朦朧睡去聽得竹枝上不知有多少家雀兒的聲兒啾啾唧唧叫個不住那窗上的紙隔着屜子漸漸的透進清光來黛玉此時已醒得雙眸炯炯一會兒咳嗽起來連紫鵑都咳嗽醒了紫鵑道姑娘你還沒睡着麽又咳嗽起來了想是着了風了這會兒窗戶紙發清了也待

好亮起來了歇歇兒罷養養神別儘著想長想短的了黛玉道我何嘗不要睡只是睡不着你睡你的罷說了又嗽起來紫鵑見黛玉這般光景心中也自傷感睡不着了聽見黛玉又嗽連忙起來捧着痰盒這時天已亮了黛玉道你不睡了麼紫鵑笑道天都亮了還睡什麼呢黛玉道既這樣你就把痰盒兒換了罷紫鵑答應著忙出來換了一個痰盒兒將手裡的這個盒兒放在桌上開了套間門出來仍舊帶上門放下撒花軟簾出來叫醒雪雁開了屋門去倒那盒子時只見滿盒子痰痰中有些血星唬了紫鵑一跳不覺失聲道噯喲這還了得黛玉裡面接着問是什麼紫鵑自知失言連忙改說道手裡一滑几乎撂了

痰盒子黛玉道不是盒子裡的痰有了什麼紫鵑道沒有什麼說着這句話時心中一酸那眼淚直流下來聲兒早已岔了黛玉因爲喉間有些甜腥早自疑惑方纔聽見紫鵑在外邊詫異這會子又聽見紫鵑說話聲音帶着悲慘的光景心中覺了八九分便叫紫鵑進來罷外頭看冷着紫鵑答應了一聲這一聲更比頭裡悽慘竟是鼻中酸楚之音黛玉聽了冷了半截看紫鵑推門進來時尚拿絹子拭眼黛玉道大清早起好好的爲什麼哭紫鵑勉強笑道誰哭來這早起起來眼睛裡有些不舒服姑娘今夜大槩比往常醒的時候更大罷我見了咳嗽了半夜黛玉道可不是越要睡越睡不着紫鵑道姑娘身上不大好依

我說還得自已開解著些身子是根本俗語說的留得青山在依舊有柴燒況這裡自老太太太太起那個不疼姑娘只這一句話又勾起黛玉的夢來覺得心裡一撞眼中一黑神色俱變紫鵑連忙端着痰盒雪雁捶着脊梁半日纔吐出一口痰來痰中一縷紫血簌簌亂跳紫鵑雪雁臉都嚇黃了兩個旁邊守着黛玉便昏昏躺下紫鵑看著不好連忙努嘴叫雪雁叫人去雪雁纔出屋門只見翠縷翠墨兩個人笑嘻嘻的走來翠縷便道林姑娘怎麼這早晚還不出門我們姑娘和三姑娘都在四姑娘屋裡講究四姑娘畫的那張園子景兒呢雪雁連忙擺手兒翠縷翠墨二人倒都嚇了一跳說這是什麼原故雪雁將方纔

的事一一告訴他二人二人都吐了吐舌頭兒說這可不是頑的你們怎麼不告訴老太太去這還了得你們怎麼這麼糊塗雪雁道我這裡纔要去你們就來了正說着只聽紫鵑叫道誰在外頭說話姑娘問呢三個人連忙一齊進來翠縷翠墨見黛玉蓋着被躺在床上見了他二人便說道誰告訴你們了你們這樣大驚小怪的翠墨道我們姑娘和雲姑娘纔都在四姑娘屋裡講究四姑娘畫的那張園子圖兒叫我們來請姑娘不知道姑娘身上又欠安了黛玉道也不是什麼大病不過覺得身子略軟些躺躺兒就起來了你們回去告訴三姑娘和雲姑娘飯後若無事倒是請他們到這裡坐坐罷寶二爺沒到你們那

邊去二人答道沒有翠墨又道寶二爺這兩天上了學了老爺天天要查功課那裡還能像從前那麽亂跑呢黛玉聽了默然不言二人又略站了一回都悄悄的退出來了且說探春湘雲正在惜春那邊評論惜春所畫大觀園圖說這個多一點那個少一點這個太疏那個太密大家又議着題詩着人去請黛玉商議正說着忽見翠縷翠墨二人回來神色匆忙湘雲便先問道林姑娘怎麽不來翠縷道林姑娘昨日夜裡又犯了病了咳嗽了一夜我們聽見雪雁說吐了一盒子痰血探春聽了詫異道這話真麽翠縷道怎麽不真翠墨道我們剛纔進去去瞧了瞧顏色不成顏色說話兒的氣力兒都微了湘雲道不好的這

麼着怎麼還能說話呢探春道怎麼你這麼糊塗不能說話不是已經說到這裡却咽住了惜春道林姐姐那樣一個聰明人我看他總有些瞧不破一點半點兒都要認起真來天下事那裡有多少真的呢探春道既這麼着偺們都過去看看倘若病的利害偺們也過去告訴大嫂子回老太太傳大夫進來瞧瞧也得個主意湘雲道正是這樣惜春道姐姐們先去我回來再過去于是探春湘雲扶了小丫頭都到瀟湘館來進入房中黛玉見他二人不免又傷起心來因又轉念想起夢中連老太太尚且如此何況他們況且我不請他們他們還不來呢心裡雖是如此臉上却礙不過去只得勉强令紫鵑扶起口中讓坐探

春湘雲都坐在床沿上一頭一個看了黛玉這般光景也自傷感探春便道姐姐怎麼身上又不舒服了黛玉道也沒什麼要緊只是身子軟得很紫鵑在黛玉身後偷偷的用手指那痰盒兒湘雲到底年輕性情又兼直爽伸手便把痰盒拿起來看不看則已看了嚇的驚疑不止說這是姐姐吐的這還了得初時黛玉昏昏沉沉吐了也沒細看此將見湘雲這麼說回頭看時自己早已灰了一半探春見湘雲冒失連忙解說道這不過是肺火上炎帶出一半點來也是常事偏是雲丫頭不拘什麼就這樣蠍蠍螫螫的湘雲紅了臉自悔失言探春見黛玉精神短少似有煩倦之意連忙起身說道姐姐靜靜的養養神罷我們

回來再瞧你黛玉道累你二位惦着探春又囑咐紫鵑好生留神伏侍姑娘紫鵑答應著探春纔要走只聽外面一個人嚷起來未知是誰下回分解

紅樓夢第八十二回終

紅樓夢第八十三回

省宮闈賈元妃染恙　閙閨閫薛寶釵吞聲

話說探春湘雲纔要走時忽聽外面一個人嚷道你這不成人的小蹄子你是個什麽東西來這園子裏頭混攪黛玉聽了大叫一聲道這裏住不得了一手指着窻外兩眼反揷上去原來黛玉住在大觀園中雖靠着賈母疼愛然在別人身上凡事終是寸步留心聽見窻外老婆子這樣罵着在別人呢一句是貼不上的竟像專駡着自己的自思一個千金小姐只因沒了爹娘不知何人指使這老婆子來這般辱駡那裏委屈得來因此肝腸崩裂哭的過去了紫鵑只是哭叫姑娘怎麽樣了快醒來

罷探春也叫了一回半晌黛玉問過這口氣還說不出話來那隻手仍向窗外指着探春會意開門出去看見老婆子手中拿着拐棍赶着一個不干不淨的毛丫頭道我是爲照管這園中的花菓樹木來到這裡你作什麼來了等我家去打你一個知道這丫頭扭着頭把一個指頭探在嘴裡瞅着老婆子笑探春罵道你們這些人如今越發没了王法了這裡是你罵人的地方兒嗎老婆子見是探春連忙陪着笑臉兒說道剛纔是我的外孫女兒看見我來了他就跟了來我怕他鬧所以纔吆喝他回去那裡敢在這裡罵人呢探春道不用多說了快給我都出去這裡林姑娘身上不大好還不快去麼老婆子答應了幾個

是說著一扭身去了那丫頭也就跑了探春回來看見湘雲拉著黛玉的手只管哭紫鵑一手抱着黛玉一手給黛玉揉胸口黛玉的眼睛方漸漸的轉過來了探春笑道想是聽見老婆子的話你疑了心了麼黛玉只搖搖頭兒探春道他是罵他外孫女兒我纔剛也聽見了這種東西說話再沒有一點道理的他們懂得什麼避諱黛玉聽了歎了口氣拉着探春的手道姐兒叫了一聲又不言語了探春又道你別心煩我來看你是姊妹們應該的你又少人伏侍只要你安心肯吃藥心上把喜歡事兒想想能彀一天一天的硬朗起來大家依舊結社做詩豈不好呢湘雲道可是三姐姐說的那麼著不樂黛玉哽咽道你們

只顧要我喜歡可憐我那裡趕得上這日子只怕不能彀了探春道你這話說的太過了誰沒個病兒災兒的那裡就想到這裡來了你好生歇歇兒罷我們到老太太那邊回來再看你你要什麼東西只管叫紫鵑告訴我黛玉流淚道好妹妹你到老太太那裡只說我請安身上略有點不好不是什麼大病也不用老太太煩心的探春答應道我知道你只管養着罷說著纔同湘雲出去了這裡紫鵑伏着黛玉躺在床上地下諸事自有雪雁照料自已只守着傍邊看着黛玉又是心酸又不敢哭泣那黛玉閉著眼躺了半晌那裡睡得著覺得園裡頭平日只見寂寞如今躺在床上偏聽得風聲蟲鳴聲鳥語聲人走的腳步

步聲又像遠遠的孩子們啼哭聲一陣一陣的聒噪的煩躁起來因叫紫鵑放下帳子來雪雁捧了一碗燕窩湯遞給紫鵑紫鵑隔着帳子輕輕問道姑娘喝一口湯罷黛玉微微應了一聲紫鵑復將湯遞給雪雁自己上來攙扶黛玉坐起然後接過湯來擱在唇邊試了一試一手摟着黛玉肩臂一手端着湯送到唇邊黛玉微微睜眼喝了兩三口便搖搖頭兒不喝了紫鵑仍將碗遞給雪雁輕輕扶黛玉睡下靜了一時畧覺安頓只聽牕外悄悄問道紫鵑妹妹在家麽雪雁連忙出來見是襲人因悄悄說道姐姐屋裡坐着襲人也便悄悄問道姑娘怎麽着一面走一面雪雁告訴夜間及方纔之事襲人聽了這話也唬怔了

因說道怪道剛纔翠縷到我們那邊說你們姑娘病了唬的寶二爺連忙打發我來看看是怎麼樣正說着只見紫鵑從裡間掀起簾子望外看見襲人招手兒叫他襲人輕輕走過來問道姑娘睡着了嗎紫鵑點點頭兒問道姐姐纔聽見說了襲人也點點頭兒蹙着眉道終久怎麼樣好呢那一位昨夜也把我唬了個半死兒紫鵑忙問怎麼了襲人道昨日晚上睡覺還是好好兒的誰知半夜裡一疊連聲的嚷起心疼來嘴裡胡說白道只說好像刀子割了去的是的直鬧到打亮梆子以後纔好些了你說唬人不唬人今日不能上學還要請大夫來吃藥呢正說着只聽黛玉在帳子裡又咳嗽起來紫鵑連忙過來捧痰盒

兒接痰黛玉微微睜眼問道你合誰說話呢紫鵑道襲人姐姐來瞧姑娘來了說着襲人已走到床前黛玉命紫鵑扶起一手指着床邊讓襲人坐下襲人側身坐了連忙陪着笑勸道姑娘倒還是躺着罷黛玉道不妨你們快別這樣大驚小怪的剛纔是說誰半夜裡心疼起來襲人道是寳二爺偶然魘住了不是認眞怎麼樣黛玉會意知道是襲人怕自己又懸心的原故又感激又傷心因趁勢問道既是魘住了不聽見他還說什麼襲人道也沒說什麼黛玉點點頭兒遲了半日歎了一聲纔說道你們別告訴寳二爺說我不好看躭擱了他的工夫又叫老爺生氣襲人答應了又勸道姑娘還是躺躺歇歇罷黛玉點點頭命

紫鵑扶着歪下襲人不免坐在旁邊又寬慰了幾句然後告辭回到怡紅院只說黛玉身上略覺不受用也沒什麼大病寶玉纔放了心且說探春湘雲出了瀟湘館一路往賈母這邊來探春因囑咐湘雲道妹妹回來見了老太太別像剛纔那樣冒冒失失的了湘雲點頭笑道知道了我頭裡是叫他唬的忘了神了說著已到賈母那邊探春因提起黛玉的病來賈母聽了自是心煩因說道偏是這兩個玉兒多病多災的林丫頭一來二去的大了他這個身子也要緊我看那孩子太是個心細衆人也不敢答言賈母便向鴛鴦道你告訴他們明兒大夫來瞧了寶玉叫他再到林姑娘那屋裡去鴛鴦答應着出來告訴了婆

子們婆子們自去傳話這裡探春湘雲就跟着賈母吃了晚飯
然後同回園中去不提到了次日大夫來了瞧了寶玉不過說
飲食不調着了點兒風邪沒大要緊踈散踈散就好了這裡王
夫人鳳姐等一面遣人拿了方子回賈母一面使人到瀟湘館
告訴說大夫就過來紫鵑答應了連忙給黛玉蓋好被窩放下
帳子雪雁赶着收拾房裡的東西一時賈璉陪着大夫進來了
便說道這位老爺是常來的姑娘們不用廻避老婆子打起簾
子賈璉讓着進入房中坐下賈璉道紫鵑姐姐你先把姑娘的
病勢向王老爺說說王大夫道且慢說等我胗了脉聽我說了
看是對不對若有不合的地方姑娘們再告訴我紫鵑便向帳

中扶出黛玉的一隻手來擱在迎手上紫鵑又把鐲子連袖子輕輕的擄起不叫壓住了脈息那王大夫胗了好一會兒又换那隻手也胗了便同賈璉出來到外間屋裡坐下說道六脈皆弦因平日鬱結所致說着紫鵑也出來站在裡間門口那王大夫便向紫鵑道這病時常聽得頭暈減飲食多夢每到五更必醒個幾次即日間聽見不干自己的事也必要動氣且多疑多懼不知者疑爲性情乖誕其實因肝陰虧損心氣衰耗都是這個病在那裡作怪不知是否紫鵑點點頭兒向賈璉道說的狠是王太醫道既這樣就是了說畢起身同賈璉往外書房去開方子小廝們早已預備下一張梅紅單帖王太醫吃了茶因提

筆先寫道

六脉弦遲素由積鬱左寸無力心氣已衰關脉獨洪肝邪偏旺木氣不能疎達勢必上侵脾土飲食無味甚至勝所不勝肺金定受其殃氣不流精凝而爲痰血隨氣湧自然咳吐理宜疎肝保肺涵養心脾雖有補劑未可驟施姑擬黑逍遥以開其先後用歸肺固金以繼其後不揣固陋俟高明裁服

又將七味藥與引子寫了賈璉拿來看時問道血勢上冲柴胡使得麽王大夫笑道二爺但知柴胡是升提之品爲吐衂所忌豈知用鱉血拌炒非柴胡不足宣少陽甲胆之氣以鱉血製之使其不致升提且能培養肝陰制遏邪火所以内經説通因通

用塞因塞用柴胡用鱉血拌炒正是假周勃以安劉的法子賈璉點頭道原來是這麽着這就是了王大夫又道先請服兩劑再加減或再換方子罷我還有一點小事不能久坐容日再來請安說着賈璉送了出來說道舍弟的藥就是那麽着了王大夫道寶二爺倒沒什麽大病大約再吃一劑就好了說著上車而去這裏賈璉一面叫人抓藥一面回到房中告訴鳳姐黛玉的病原與大夫用的藥述了一遍只見周瑞家的走來回了幾件沒要緊的事賈璉聽到一半便說道你回二奶奶罷我還有事呢說著就走了周瑞家的回完了這件事又說道我方纔到林姑娘那邊看他那個病竟是不好呢臉上一點血色也沒有

摸了摸身上只剩了一把骨頭問問他也沒有話說只是淌眼淚回來紫鵑告訴我說姑娘現在病着要什麽自已又不肯要我打算要問二奶奶那裡支用一兩個月的月錢如今吃藥雖是公中的零用也得幾個錢我答應了他替他來回奶奶鳳姐低了半日頭說道竟這麽着罷我送他幾兩銀子使罷也不用告訴林姑娘這月錢却是不好支的一個人開了例要是都支起來那如何使得呢你不記得趙姨娘和三姑娘拌嘴了也無非為的是月錢況且近來你也知道出去的多進來的少總繞不過灣兒來不知道的還說我打算的不好更有那一種嚼舌根的說我搬運到娘家去了周嫂子你倒是那裡經手的人這

個自然還知道些周瑞家的道真正委屈死人這樣大門頭兒除了奶奶這樣心計兒當家罷了別說是女人當不來就是三頭六臂的男人還撑不住呢還說這些個混賬話說着又笑了一聲道奶奶還沒聽見呢外頭的人還更糊塗呢前兒周瑞的家來說起外頭的人打諒着偺們府裡不知怎麽樣有錢呢也有說賈府裡的銀庫幾間金庫幾間使的傢伙都是金子鑲了玉石嵌了的也有說姑娘做了王妃自然皇上家的東西分的了一半子給娘家前兒貴妃娘娘省親回來我們還親見他帶了幾車金銀回來所以家裡收拾擺設的水晶宮是的那日在廟裡還愿花了幾萬銀子只算是牛身上拔了一根毛罷咧有

人還說他們前的獅子只怕還是玉石的呢園子裡還有金麒麟叫人偷了一個去如今剩下一個了家裡的奶奶姑娘不用說就是屋裡使喚的姑娘們也是一點兒不動的喝酒下棋彈琴畫畫横竪有人伏侍呢单晉穿羅罩紗吃的帶的都是人家不認得的那些哥兒姐兒們更不用說了要天上的月亮也有人去拿下來給他頑還有歌兒呢說是寧國府榮國府金銀財寶如糞土吃不窮穿不窮算來說到這裡猛然咽住原来那時歌兒說道是箕來總是一場空這周瑞家的說溜了嘴說到這裡忽然想起這話不好因咽住了鳳姐兒聽了已明白必是句不好的話了也不便追問因說道那都没要緊只是這金麒麟

的話從何而來周瑞家的笑道就是那廟裡的老道士送給寳二爺的小金麒麟兒後來丟了幾天虧了史姑娘撿著還了他外頭就造出這個謠言来了奶奶說這些人可笑不可笑鳳姐道這些話倒不是可笑倒是可怕的咱們一日難似一日外面還是這麼講究俗語兒說的人怕出名豬怕壯况且又是個虛名兒終久還不知怎麽樣呢周瑞家的道奶奶慮的也是只是滿城裡茶坊酒鋪兒以及各衚衕兒都是這樣說况且不是一年了那裡掂的住衆人的嘴鳳姐點點頭兒因叫平兒稱了幾兩銀子遞給周瑞家的道你先拿去交給紫鵑只說我給他添補買東西的若要官中的只管要去别提這月錢的話他也是

個伶透人自然明白我的話我得了空兒就去瞧姑娘去周瑞家的接了銀子答應著自去不提且說賈璉走到外面只見一個小廝迎上來回道大老爺叫二爺說話呢賈璉急忙過來見了賈赦賈赦道方纔風聞宮裏頭傳了一個太醫院御醫兩個吏目去看病想來不是宮女兒下人了這幾天娘娘宮裏有什麼信兒沒有賈璉道沒有賈赦道你去問問二老爺和你珍大哥不然還該叫人去到太醫院裏打聽打聽纔是賈璉答應了一面吩咐人往太醫院去一面連忙去見賈政賈珍賈政聽了這話因問道是那裏來的風聲賈璉道是大老爺纔說的賈政道你索性和你珍大哥到裏頭打聽打聽賈璉道我已經打發

人往太醫院打聽去了一面忙著一面退出來去找賈珍只見賈珍迎面來了賈璉忙告訴賈珍賈珍道我正爲也聽見這話來回大老爺二老爺去呢于是兩個人同着來見賈政賈政道如係元妃少不得終有信的說着賈赦也過來了到了晌午打聽的尚未回來門上人進來回說有兩個內相在外要見二位老爺呢賈赦道請進來門上的人領了老公進來賈赦賈政迎至二門外先請了娘娘的安一面同着進來走至廳上讓了坐老公道前日這裡貴妃娘娘有些欠安昨日奉過旨意宣召親丁四人進裡頭探問許各帶丫頭一人餘皆不用親丁男人只許在宮門外遞個職名請安聽信不得擅入準于明日辰巳時

進去申酉時出來賈政賈赦等站着聽了旨意復又坐下讓老公吃茶畢老公辭了出去賈赦賈政送出大門回來先禀賈母賈母道親丁四人自然是我和你們兩位太太了那一個人呢衆人也不敢答言賈母想了想道必得是鳳姐兒他諸事有照應你們爺兒們各自商量去罷賈赦賈政答應了出來因派了賈璉賈蓉看家外凡文字輩至草字輩一應都去遂吩咐家人預備四乘綠轎十餘輛翠蓋車明兒黎明伺候家人答應去了賈赦賈政又進去回明賈母辰巳時進去申酉時出來今日早些歇歇明日好早些起來收拾進宮賈母道我知道你們去罷赦政等退出這裡邢夫人王夫人鳳姐兒也都說了一會子元

妃的病又說了些閑話纔各自散了次日黎明各屋子裡丫頭們將燈火俱已點齊太太們各梳洗畢爺們亦各整頓好了一到卯初林之孝合賴大進來至二門口回道轎車俱已齊備在門外伺候着呢不一時賈赦邢夫人也過來了大家用了早飯鳳姐先扶老太太出來衆人圍隨各帶使女一人緩緩前行又命李貴等二人先騎馬去外宮門接應自已家眷隨後文字輩至草字輩各自登車騎馬跟着衆家人一齊去了賈璉賈蓉在家中看家且說賈家的車輛轎馬俱在外西垣門口歇下等着一會兒有兩個內監出來說道賈府省親的太太奶奶們著令入宮探問爺們俱着令內宮門外請安不得入見門上人叫快

進去賈府中四乘轎子跟著小內監前行賈家爺們在轎後步行跟着令衆家人在外等候走近宮門口只見幾個老公在門上坐着見他們來了便站起来說道賈府爺們至此賈赦賈政便捱次立定轎子擡至宮門口便都出了轎早有幾個小內監引路賈母等各有丫頭扶着步行走至元妃寢宮只見奎壁輝煌琉璃照耀又有兩個小宮女兒傳諭道只用請安一槩儀注都免賈母等謝了恩來至床前請安畢元妃都賜了坐賈母等又告了坐元妃便向賈母道近日身上可好賈母扶着小丫頭顫顫巍巍站起來答應道托娘娘洪福起居尚健元妃又向邢夫人王夫人問了好邢王二夫人站着回了話元妃又問鳳姐

家中過的日子若何鳳姐站起來囘奏道尚可支持元妃道這幾年來難爲你操心鳳姐正要站起來囘奏只見一個宮女傳進許多職名請娘娘龍目元妃看時說是賈赦賈政等若干人那元妃看了職名心裡一酸止不住早流下淚來宮女兒遞過絹子元妃一面拭淚一面傳諭道今日稍安令他們外面暫歇賈母等站起來又謝了恩元妃含淚道父女弟兄反不如小家子得以常常親近賈母等都忍着淚道娘娘不用悲傷家中已托着娘娘的福多了元妃又問寶玉近來若何賈母道近來頗肯念書因他父親逼得嚴緊如今文字也都做上來了元妃道這樣纔好遂命外宮賜宴便有兩個宮女兒四個小太監引了

到一座宮裡已擺得齊整各按坐次坐了不必細述一時吃完了飯賈母帶著他婆媳三人謝過宴又躭擱了一回看看已近酉初不敢羈留俱各辭了出來元妃命宮女兒引道送至內宮門門外仍是四個小太監送出賈母等依舊坐着轎子出來賈赦接着大夥兒一齊回去到家又要安排明後日進宮仍令照應齊集不題且說薛家金桂自赶出薛蟠去了日間拌嘴沒有對頭秋菱又住在寶釵那邊去了只剩得寶蟾一人同住既給與薛蟠作妾寶蟾的意氣又不比從前了金桂看去更是一個對頭自己也後悔不來一日吃了幾杯悶酒躺在炕上便要借那寶蟾作個醒酒湯兒因問著寶蟾道大爺前日出門到底是

到那裡去你自然是知道的了寶蟾道我那裡知道他在奶奶跟前還不說誰知道他那些事金桂冷笑道如今還有什麽奶奶太太的都是你們的世界了別人是惹不得的有人護庇著我也不敢去虎頭上捉虱子你還是我的丫頭問你一句話你就和我摔臉子說搡話你旣這麽有勢力爲什麽不把我勒死了你和秋菱不拘誰做了奶奶那不清净了麽偏我又不死碍着你們的道兒寶蟾聽了這話那裡受得住便眼睛直直的瞅着金桂道奶奶這些閑話只好說給別人聽去我並没合奶奶說什麽奶奶不敢惹人家何苦來拿着我們小軟兒出氣呢正經的奶奶又粧聽不見没事人一大堆了說着便哭天哭地起

來金桂越發性起便爬下炕來要打寶蟾寶蟾也是夏家的風氣半點兒不讓金桂將桌椅盃盞盡行打翻那寶蟾只管喊寃叫屈那裡理會他豈知薛姨媽在寶釵房中聽見如此吵嚷便叫香菱你過去瞧瞧且勸勸他們寶釵道使不得媽媽別叫他去他去了豈能勸他那更是火上澆了油了薛姨媽道既這麽樣我自已過去寶釵道依我說媽媽也不用去由着他們鬧去罷這也是沒法兒的事了薛姨媽道這那裡還了得說著自已扶了丫頭往金桂這邊來寶釵只得也跟着過去又囑咐香菱道你在這裡罷母女同至金桂房門口聽見裡頭正還嚷哭不止薛姨媽道你們是怎麽著又這麽家翻宅亂起來這還像個

人家見嗎矮墻淺屋的難道都不怕親戚們聽見笑話了麽金桂屋裡接聲道我倒怕人笑話呢只是這裡掃箒顛倒竪也沒主子也沒奴才也沒大老婆沒小老婆都是混賬世界了我們夏家門子裡沒見過這樣規矩實在受不得你們家這樣委屈了寶釵道大嫂子媽媽因聽見鬧得慌纔過來的就是問的急了些沒有分清奶奶寶蟾兩字也沒有什麽如今且先把事情說開大家和和氣氣的過日子也省了媽媽天天爲偺們操心哪薛姨媽道是啊先把事情說開了你再問我的不是還不遲呢金桂道好姑娘好姑娘你是個大賢大德的你日後必定有個好人家好女婿決不像我這樣守活寡舉眼無親叫人家騎

上頭來欺負的我是個沒心眼兒的人只求姑娘我說話别往死裡挑撿我從小兒到如今沒有爹娘教道再者我們屋裡老婆漢子大女人小女人的事姑娘也管不得寶釵聽了這話又是羞又是氣見他母親這樣光景又是疼不過因忍了氣說道大嫂子我勸你少說何兒罷誰挑撿你又是誰欺負你别說是嫂子啊就是秋菱我也從來沒有加他一點聲氣兒啊金桂聽了這幾句話更加拍著炕沿大哭起來說我那裡比得秋菱連他腳底下的泥我還跟不上呢他是來久了的知道姑娘的心事又會獻勤兒我是新來的又不會獻勤兒如何拿我比他何苦來天下有幾個都是貴妃的命行點好兒罷别修的像我嫁

個糊塗行子守活寡那就是活活兒的現了眼了薛姨媽聽到這裡萬分氣不過便站起身來道不是我護着自己的女孩兒他句句劄你你却句句慪他你有什麼過不去不用尋他勒死我倒也是希鬆的寶釵忙勸道媽媽你老人家不用動氣咱們旣來勸他自己生氣倒多了一層氣不如且去等嫂子歇歇兒再說因吩咐寶蟾道你也別鬧了說着跟了薛姨媽便出來了走過院子裡只見賈母身邊的丫頭同着秋菱迎面走來薛姨媽道你從那裡來老太太身上可安那丫頭道老太太身上好叫來請姨太太安還謝謝前兒的荔枝還給琴姑娘道喜寶釵道你多早晚來的那丫頭道來了好一會子了薛姨媽料他知

道紅着臉說道這如今我們家裡鬧的也不像個過日子的人家了叫你們那邊聽見笑話丫頭道姨太太說那裡的話誰家没個碟大碗小磕着碰着的呢那是姨太太多心罷咧說着跟了回到薛姨媽房中略坐了一回就去了寶釵正囑咐香菱些話只聽薛姨媽忽然叫道左脇疼痛的狠說着便向炕上躺下唬得寶釵香菱二人手足無措要知後事如何下回分解

紅樓夢八十三回終

紅樓夢第八十四回

試文字寶玉始提親　探驚風賈環重結怨

却說薛姨媽一時因被金桂這場氣慪得肝氣上逆左脇作痛寶釵明知是這個原故也等不及醫生來看先叫人去買了幾錢鈎藤來濃濃的煎了一碗給他母親吃了又和秋菱給薛姨媽捶腿揉胸停了一會兒略覺安頓些薛姨媽只是又悲又氣氣的是金桂撒潑悲的是寶釵見涵養倒覺可憐寶釵又勸了一回不知不覺的睡了一覺肝氣也漸漸平復了寶釵便說道媽媽你這種閒氣不要放在心上纔好過幾天走的動了樂得往那邊老太太姨媽處去說說話兒散散悶也好家裡橫豎有

我和秋菱照看着靠他也不敢怎麽着薛姨媽點點頭道過兩日看罷了且說元妃疾愈之後家中俱各喜歡過了幾日有幾個老公走來帶着東西銀兩宣貴妃娘娘之命因家中省問勤勞俱有賞賜把物件銀兩一一交代清楚賈赦賈政等禀明了賈母一齊謝恩畢太監吃了茶去了大家回到賈母房中說笑一回了外面老婆子傳進來說小厮們來囘道那邊有人請大老爺說要緊的話呢賈母便向賈赦道你去罷賈赦答應着退出來自去了這裡賈母忽然想起合賈政笑道娘娘心裡却甚是惦記着寶玉前兒還特特的問他來着呢賈政陪笑道只是寶玉不大肯念書辜負了娘娘的美意賈母道我倒給他上了

個好兒說他近日文章都做上來了賈政笑道那裡能像老太太的話呢賈母道你們時常叫他出去作詩作文難道他都沒作上來麼小孩子家慢慢的教導他可是人家說的胖子也不是一口兒吃的賈政聽了這話忙陪笑道老太太說的是賈母又道提起寶玉我還有一件事和你商量如今他也大了你們也該留神看一個好孩子給他定下這也是他終身的大事也別論遠近親戚什麼窮啊富的只要深知那姑娘的脾性兒好模樣兒周正的就好賈政道老太太吩咐的很是但只一件姑娘也要好第一要他自己學好纔好不然不稂不莠的反倒耽悞了人家的女孩兒豈不可惜賈母聽了這話心裡卻有些不

喜歡便說道論起來現放着你們作父母的那裡用我去張心
但只我想寶玉這孩子從小兒跟着我未免多疼他一點兒就
悞了他成人的正事也是有的只是我看他那生來的模樣兒
也還齊整心性兒也還寔在未必一定是那種沒出息的必至
遭塌了人家的女孩兒也不知是我偏心我看着橫竪比環兒
略好些不知你們看著怎麼樣幾句話說得賈政心中甚寔不
安連忙陪笑道老太太看的人也多了旣說他好有造化想來
是不錯的只是兒子望他成人的性兒太急了一點或者竟合
古人的話相反倒是莫知其子之美了一句話把賈母也慪笑
了衆人也都陪着笑了賈母因說道你這會子也有了幾歲年

紀又居着官自然越歷練越老成說到這裡回頭瞅着邢夫人合王夫人笑道想他那年輕的時候那一種古怪脾氣比寶玉還加一倍呢直等娶了媳婦纔略略的懂了些人事兒如今只抱怨寶玉這會子我看寶玉比他還略體些人情兒呢說的邢夫人王夫人都笑了因說道老太太又說起逗笑兒的話兒來了說著小丫頭子們進來告訴鴛鴦請示老太太晚飯伺候下了賈母便問你們又咕咕唧唧的說什麽鴛鴦笑着回明了賈母道那麽着你們也都吃飯去罷單留鳳姐兒和珍哥媳婦跟着我吃罷賈政及邢王二夫人都答應着伺候擺上飯來賈母又催了一遍纔都退出各散却說邢夫人自去了賈政同王夫

人進入房中賈政因提起賈母方纔的話來說道老太太這麼疼寶玉畢竟要他有些寔學日後可以混得功名纔好不枉老太太疼他一場也不至遭塌了人家的女兒王夫人道老爺這話自然是該當的賈政因派個屋裏的丫頭傳出去告訴李貴寶玉放學回來索性吃飯後再叫他過來說我還要問他話呢李貴答應了是至寶玉放了學剛要過來請安只見李貴道二爺先不用過去老爺吩咐了今日叫二爺吃了飯就過去呢聽見還有話問二爺呢寶玉聽了這話又是一個悶雷只得見過賈母便回園吃飯三口兩口吃完忙漱了口便往賈政這邊來賈政此時在內書房坐着寶玉進來請了安一旁侍立賈政問

道這幾日我心上有事也忘了問你那一日你說你師父叫你講一個月的書就要給你開筆如今筭來將兩個月了你到底開了筆了沒有寶玉道纔做過三次師父說且不必回老爺知道等好些再回老爺知道罷因此這兩天總沒敢回賈政道是什麽題目寶玉道一個是吾十有五而志於學一個是人不知而不愠一個是則歸墨三字賈政道都有稿兒麽寶玉道都是作了抄出來師父又改的賈政道你帶了家来了還是在學房裡呢寶玉道在學房裡呢賈政道叫人取了來我瞧寶玉連忙叫人傳話與焙茗叫他往學房中去我書桌子抽屜裡有一本薄薄兒竹紙本子上面寫着牕課兩字的就是快拿來一回兒

焙茗拿了來遞給寶玉寶玉呈與賈政賈政翻開看時見頭一篇寫着題目是吾十有五而志於學他原本破的是聖人有志於學幼而已然矣代儒却將幼字抹去明用十五賈政道你原本幼字便批不清題目了幼字是從小起至十六已前都是幼這章書是聖人自言學問工夫與年俱進的話所以十五三十四十五十六十七十俱要明點出來纔見得到了幾時有這麽個光景到了幾時又有那麽個光景師父把你幼字改了十五便明白了好些看到承題那抹去的原本云夫不志於學人之常也賈政搖頭道不但是孩子氣可見你本性不是個學者的志氣又看後句聖人十五而志之不亦難乎說道這更不成話

了然後看代儒的改本云夫人孰不學而志於學者卒鮮此聖人所爲自信於十五時歟便問改的懂得麽寶玉答應道懂得又看第二藝題目是人不知而不愠便先看代儒的改本云不以不知而愠者終無改其説樂矣方覷着眼看那抹去的底本説道你是什麽能無愠人之心純乎學者也上一句似单做了而不愠三個字的題目下一句又犯了下文君子的分界必如改筆纔合題位呢且下句找清上文方是書理須要細心領略寶玉答應着賈政又往下看夫不知未有不愠者也而竟不然非由中説而樂者曷克臻此原本末句非純學者乎賈政道這也與破題同病的這改的也罷了不過清楚還説得去第三藝

是則歸墨賈政看了題目自己揚着頭想了一想因問寶玉道你的書講到這裡了麼寶玉道師父說孟子好懂些所以倒先講孟子大前日纔講完了如今講上論語呢賈政因看這個破承倒沒大改破題云言於舍楊之外若別無所歸者焉賈政道第二句和難爲你夫墨非欲歸者也而墨之言已半天下矣則舍楊之外欲不歸於墨得乎賈政道這是你做的麼寶玉答應道是賈政點點頭兒因說道這也並沒有什麼出色處但初試筆能如此還算不離前年我在任上時還出過惟士爲能這個題目那些童生都讀過前人這篇不能自出心裁每多抄襲你念過沒有寶玉道也念過賈政道我要你另換個主意不許雷

同了前人只做個破題也使得寶玉只得答應着低頭搜索枯腸賈政背着手也在門口站着作想只見一個小小厮往外飛走看見賈政連忙側身垂手站住賈政便問道作什麽小厮回道老太太那邊姨太太來了二奶奶傳出話來叫預備飯呢賈政聽了也沒言語那小厮自去了誰知寶玉自從寶釵搬回家去十分想念聽見薛姨媽來了只當寶釵同來心中早已忙了便乍着膽子回道破題倒作了一個但不知是不是賈政道你念來我聽寶玉念道天下不皆士也能無產者亦僅矣賈政聽了點着頭道也還使得以後作文總要把界限分清把神理想明白了再去動筆你來的時候老太太知道不知道寶玉道知

道的賈政道既如此你還到老太太處去罷寶玉答應了個是只得拿捏着慢慢的退出剛過穿廊月洞門的影屏便一溜烟跑到賈母院門口急得焙茗在後頭趕著叫道看跌倒了老爺來了寶玉那裡聽的見剛進得門來便聽見王夫人鳳姐探春等笑語之聲丫鬟們見寶玉來了連忙打起簾子悄悄告訴道姨太太在這裡呢寶玉赶忙進來給薛姨媽請安過來纔給賈母請了晚安賈母便問你今兒怎麼這早晚纔散學寶玉悉把賈政看文章並命作破題的話述了一遍賈母笑容滿面寶玉因問衆人道寶姐姐在那裡坐著呢薛姨媽笑道你寶姐姐没過來家裡和香菱作活呢寶玉聽了心中索然又不好就走只

見說着話兒已擺上飯來自然是賈母薛姨媽上坐探春等陪坐薛姨媽道寶哥兒呢賈母笑着說道寶玉跟著我這邊坐罷寶玉連忙回道頭裡散學時李貴傳老爺的話叫吃了飯過去我赶着要了一碟菜泡茶吃了一碗飯就過去了老太太和姨媽姐姐們用罷賈母道既這麼着鳳丫頭就過來跟着我你太太纔說他今兒吃齋叫他們自己吃去罷王夫人也道你跟着老太太姨太太吃罷不用等我我吃齋呢於是鳳姐告了坐丫頭安了盃筯鳳姐執壺斟了一巡纔歸坐大家吃着酒賈母便問道可是纔姨太太提香菱我聽見前兒丫頭們說秋菱不知是誰問起來纔知道是他怎麽那孩子好好的又改了名字呢

薛姨媽滿腹飛紅歎了口氣道老太太再別提起自從蟠兒娶了這個不知好歹的媳婦成日家咕咕唧唧如今鬧的也不成個人家了我也說過他幾次他牛心不聽說我也沒那麼大精神和他們儘着吵去只好由他們去可不是他嫌這丫頭的名兒不好改的賈母道名兒什麼要緊的事呢薛姨媽道說起來我也怪臊的其實老太太這邊有什麼不知道的他那裡是爲這名兒不好聽說他因爲是寶丫頭起的他纔有心要改賈母道這又是什麼原故呢薛姨媽把手絹子不住的擦眼淚未從說又歎了一口氣道老太太還不知道呢這如今媳婦子專和寶丫頭慪氣前日老太太打發人看我去我們家裡正鬧呢

賈母連忙接着問道可是前兒聽見姨太太肝氣疼要打發人看去後來聽見說好了所以沒着人去依我勸姨太太竟把他們別放在心上再者他們也是新過門的小夫妻過些時自然就好了我看寶丫頭性格兒溫厚和平雖然年輕比大人還強幾倍前日那小丫頭子回來說我們這邊還都讚歎了他一會子都像寶丫頭那樣心胸兒脾氣兒真是百裡挑一的不是我說句冐失話那給人家作了媳婦兒怎麼叫公婆不疼家裡上上下下的不賓服呢寶玉頭裡已經聽煩了推故要走及聽見這話又坐下獃獃的往下聽薛姨媽道不中用他雖好到底是女孩兒家養了蟠兒這個糊塗孩子真真叫我不放心只怕在

外頭喝點子酒鬧出事來幸虧老太太這裡的大爺二爺常和他在一塊兒我還放點兒心寶玉聽到這裡便接口道姨媽更不用懸心薛大哥相好的都是些正經買賣大客人都是有體面的那裡就鬧出事來薛姨媽笑道依你這樣說我敢只不用操心了說話間飯已吃完寶玉先告辭了晚間還要看書便各自去了這裡丫頭們剛捧上茶來只見琥珀走過來向賈母耳邊說了幾句賈母便向鳳姐兒道你快去罷瞧瞧巧姐兒去罷鳳姐聽了還不知何故大家也怔了琥珀遂過來向鳳姐道剛纔平兒打發小丫頭子來回二奶奶說巧姐兒身上不大好請二奶奶忙着些過來纔好呢賈母因說道你快去罷姨太

太也不是外人鳳姐連忙答應在薛姨媽跟前告了辭又見王夫人說道你先過去我就去小孩子家魂兒還不全呢別叫了頭們大驚小怪的屋裡的貓兒狗兒也叫他們留點神兒儘著孩子貴氣偏有這些瑣碎鳳姐答應了然後帶了小丫頭回房去了這裡薛姨媽又問了一回黛玉的病賈母道林丫頭那孩子到罷了只是心重些所以身子就不大很結寔了要賭靈怪兒也和寶丫頭不差什麽要賭寬厚待人裡頭卻不濟他寶姐姐有就待有儘讓了薛姨媽又說了兩句閒話兒便道老太太歇著罷我也要到家裡去看看只剩下寶丫頭和香菱了打那麽同着姨太太看看巧姐兒賈母道正是姨太太上年紀的人

看看是怎麽不好說給他們也得點主意兒薛姨媽便告辭同着王夫人出來往鳳姐院裡去了却說賈政試了寳玉一番心裡却也喜歡走向外面和那些門客閒談說起方纔的話來便有新近到來最善大碁的一個王爾調名作梅的說道據我們看來寳二爺的學問已是大進了賈政道那有進益不過畧懂得些罷咧學問兩個字早得狠呢詹光道這是老世翁過謙的話不但王大兄這般說就是我們看寳二爺必定要高發的賈政笑道這也是諸位過愛的意思那王爾調又道晚生還有一句話不揣冒昧合老世翁商議賈政道什麽事王爾調陪笑道也是晚生的相與做過南韶道的張大老爺家有一位小姐說

是生的德容功貌俱全此時尚未受聘他又沒有兒子家貲巨
萬但是要富貴雙全的人家女婿又要出衆纔肯作親晚生來
了兩個月瞧着寶二爺的人品學業都是必要大成的老世翁
這樣門楣還有何說若晚生過去包管一說就成賈政道寶玉
說親却也是年紀了並且老太太常說起但只張大老爺素來
尚未深悉詹光道王兄所提張家晚生却也知道况合大老爺
那邊是舊親老世翁一問便知賈政想了一回道大老爺那邊
不曾聽得這門親戚詹光道老世翁原來不知道這張府上原和
邢舅太爺那邊有親的賈政聽了方知是邢太太的親戚坐了
一回進來了便要同王夫人說知轉問邢夫人去誰知王夫人

陪了薛姨媽到鳳姐那邊看巧姐兒去了那天已經掌燈時候薛姨媽去了王夫人纔過來了賈政告訴了王爾調和詹光的話又問巧姐兒怎麽了王夫人道怕是驚風的光景賈政道不甚利害呀王夫人道看着是搐風的來頭衹還沒搐出來呢賈政聽了咳了一聲便不言語各自安歇不提却說次日邢夫人過賈母這邊來請安王夫人便提起張家的事一面回賈母一面問邢夫人邢夫人道張家雖係老親但近年來久已不通音信不知他家的姑娘是怎麽樣的倒是前日孫親家太太打發老婆子來問安却說起張家的事說他家有個姑娘托孫親家那邊有對勁的提一提聽見說只這一個女孩兒十分嬌養也

識得幾個字兒不得大陣仗兒常在屋裡不出來的張大老爺又說只有這一個女孩兒不肯嫁出去怕人家公婆嚴姑娘受不得委屈必要女婿過門贅在他家給他料理些家事賈母聽到這裡不等說完便道這斷使不得我們寶玉別人伏侍他還不彀呢倒給人家當家去邢夫人道正是老太太這個話賈母因向王夫人道你回來告訴你老爺就說我的話這張家的親事是作不得的王夫人答應了賈母便問你們昨日看巧姐兒怎麼樣頭裡平兒來同我說很不大好我也要過去看看呢邢王二夫人道老太太雖疼他他那裡耽的住賈母道却也不止為他我也要走動走動活活筋骨兒說着便吩咐你們吃飯去

罷回來同我過去邢王二夫人答應著出來各自去了一時吃了飯都來陪賈母到鳳姐房中鳳姐連忙出來接了進去賈母便問巧姐兒到底怎麽樣鳳姐兒道只怕是搐風的來頭賈母道這麽着還不請人趕着瞧鳳姐道已經請去了賈母因同邢王二夫人進房來看只見奶子抱着用桃紅綾子小綿被兒裹著臉皮趣青眉梢鼻翅微有動意賈母同邢王二夫人看了看便出外間坐下正說間只見一個小丫頭回鳳姐道老爺打發人問姐兒怎麽樣鳳姐道替我回老爺就說請大夫去了一會兒開了方子就過去回老爺賈母忽然想起張家的事來向王夫人道你該就去告訴你老爺省了人家去說了回來又駁回

又問邢夫人道你們和張家如今爲什麽不走了邢夫人因又說論起那張家行事也難合偺們作親太嗇尅沒的玷辱了寶玉鳳姐聽了這話已知八九便問道太太不是說寶兄弟的親事邢夫人道可不是麽賈母接着因把剛纔的話告訴鳳姐鳳姐笑道不是我當着老祖宗太太們跟前說句大膽的話現放着天配的姻緣何用别處去找賈母笑問道在那裡鳳姐道一個寶玉一個金鎖老太太怎麽忘了賈母笑了一笑因說昨日你姑媽在這裡你爲什麽不提鳳姐道老祖宗和太太們在前頭那裡有我們小孩子家說話的地方兒况且姨媽過來瞧老祖宗怎麽提這些個這也得太太們過去求親纔是賈母笑了

邢王二夫人也都笑了賈母因道可是我背晦了說著人回大夫來了賈母便坐在外間邢王二夫人畧避那大夫同賈璉進來給賈母請了安方進房中看了出來站在地下躬身回賈母道妞兒一半是內熱一半是驚風須先用一劑發散風痰藥還要用四神散纔好因病勢來的不輕如今的牛黃都是假的要找真牛黃方用得賈母道了乏那大夫同賈璉出去開了方子去了鳳姐道人參家裡常有這牛黃倒怕未必有外頭買去只是要真的纔好王夫人道等我打發人到姨太太那邊去找找他家蟠兒向來和那些西客們做買賣或者有真的也未可知我叫人去問問正說話間衆姊妹都來瞧來了坐了一回也都

跟着賈母等去了這裡煎了藥給巧姐兒灌下去了只見喀的一聲連藥帶痰都吐出来鳳姐纔略放了一點兒心只見王夫人那邊的小丫頭拿着一點兒的小紅紙包兒說道二奶奶牛黄有了太太說了叫二奶奶親自把分兩對準了呢鳳姐答應着接過来便叫平兒配齊了真珠冰片硃砂快熬起来自己用戥子按方秤了攙在裡面等巧姐兒醒了好給他吃只見賈環掀簾進来說二姐姐你們巧姐兒怎麽了媽叫我来瞧瞧他鳳姐見了他母子便嫌說好些了你回去說叫你們姨娘想着那賈環口裡答應只管各處瞧看看了一回便問鳳姐兒道你這裡聽見說有牛黄不知牛黄是怎麽個樣兒給我瞧瞧呢鳳姐

道你別在這裡鬧了妞兒纔好些那牛黃都煎上了賈環聽了便去伸手拿那銱子瞧時豈知措手不及沸的一聲銱子倒了火已潑滅了一半賈環見不是事自覺沒趣連忙跑了鳳姐急的火星直爆罵道真真那一世的對頭寃家你何苦來還來使促狹從前你媽要想害我如今又來害妞兒我和你幾輩子的仇呢一面罵平兒不照應正罵着只見丫頭來找賈環鳳姐道你去告訴趙姨娘說他操心也太苦了巧姐兒死定了不用他惦着了平兒急忙在那裡配藥再熬那丫頭摸不着頭腦便悄悄問平兒道二奶奶為什麼生氣平兒將環哥弄倒藥銱子說了一遍丫頭道怪不得他不敢回來躲了別處去了這環哥兒

明日還不知怎麽樣呢平姐姐我替你收拾罷平兒就這倒不消幸虧平兒還有一點如今配好了你去罷丫頭道我一准回去告訴趙姨奶奶也省了他天天說嘴丫頭回去果然告訴了趙姨娘趙姨娘氣的叫快找環兒環兒在外間屋子裡躲着被丫頭找了來趙姨娘便罵道你這個下作種子你爲什麽弄灑了人家的藥招的人家咒罵我原叫你去問一聲不用進去你偏進去又不就走還要虎頭上捉虱子你看我回了老爺打你不打這裡趙姨娘正說着只聽賈環在外間屋子裡更說出些驚心動魄的話來未知何言下回分解

紅樓夢第八十四回終

紅樓夢第八十五回

賈存周報陞郎中任　薛文起復惹放流刑

話說趙姨娘正在屋裡抱怨賈環只聽賈環在外間屋裡發話道我不過弄倒了藥銚子潵了一點子藥那丫頭子又沒就死了值的他也罵我你也罵我賴我心壞把我往死裡遭塌等着我明兒還要那小丫頭子的命呢看你們怎麼着只叫他們隄防着就是了那趙姨娘趕忙從裡間出來握住他的嘴說道你還只管信口胡唚還叫人家先要了你的命呢娘兒兩個吵了一回趙姨娘聽見鳳姐的話越想越氣也不着人來安慰鳳姐一聲兒過了幾天巧姐兒也好了因此兩邊結怨比從前更加

一層了一日林之孝進來回道今日是北靜郡王生日請老爺的示下賈政吩咐道只按向年舊例辦了回大老爺知道送去就是了林之孝答應了自去辦理不一時賈赦過來同賈政商議帶了賈珍賈璉寶玉去給北靜王拜壽別人還不理論惟有寶玉素日仰慕北靜王的容貌威儀巴不得常見纔好遂連忙換了衣服跟着來到北府賈赦賈政遞了職名候諭不多時裡面出來了一個太監手裡掐着數珠兒見了賈赦賈政笑嘻嘻的說道二位老爺好賈赦賈政也都赶忙問好他兄弟三人也過來問了好那太監道王爺叫請進去呢於是爺兒五個跟着那太監進入府中過了兩層門轉過一層殿去裡面方是內宮

門剛到門前大家站住那太監先進去回王爺去了這裡門上小太監都迎着問了好一時那太監出来說了個請字爺兒五個肅敬跟入只見北靜郡王穿着禮服已迎到殿門廊下賈赦賈政先上来請安挨次便是珍璉寶玉請安那北靜郡王單拉着寶玉道我久不見你狠惦記你因又笑問道你那塊玉好寶玉躬着身打著一半千兒回道蒙王爺福庇都好北靜王道今日你来没有什麼好東西給你吃的倒是大家說說話兒罷說着幾個老公打起簾子北靜王說請自己却先進去然後賈赦等都躬着身跟進去先是賈赦請北靜王受禮北靜王也說了兩句謙辭那賈赦早已跪下次及賈政等挨次行禮自不必說

那賈赦等復肅敬退出北靜王吩咐太監等讓在衆戚舊一處好生欵待却單留寶玉在這裡說話兒又賞了坐寶玉又磕頭謝了恩在挨門邊繡墩上側坐說了一回讀書作文諸事北靜王甚加愛惜又賞了茶因說道昨兒巡撫吳大人來陛見說起令尊翁前任學政時秉公辦事凡屬生童俱心服之至他陛見時萬歲爺也曾問過他也十分保舉可知是令尊翁的喜兆寶玉連忙站起聽畢這一段話纔囘啟道此是王爺的恩典吳大人的盛情正說着小太監進來囘道外面諸位大人老爺都在前殿謝王爺賞宴說着呈上謝宴并請午安的片子來北靜王略看了看仍遞給小太監笑了一笑說道知道了勞動他們那

小太監又回道這賈寶玉王爺單賞的飯預備了北靜王便命那太監帶了寶玉到一所極小巧精緻的院裡派人陪着吃了飯又過來謝了恩北靜王又說了些好話兒忽然笑說道我前次見你那塊玉倒有趣兒回來說了個式樣叫他們也作了一塊來今日你來得正好就給你帶回去頑罷因命小太監取來親手遞給寶玉寶玉接過來捧着又謝了然後退出北靜王又命兩個小太監跟出來纔同着賈赦等回來過賈赦見過賈母便各自回去這裡賈政帶著他三人請過了賈母的安又說了些府裡遇見什麼人寶玉又回了賈政吳大人陞見保舉的話賈政道這吳大人本來偺們相好也是我輩中人還倒是有骨

氣的又說了幾句閑話兒賈母便叫歇著去罷賈政退出珍璉寶玉都跟到門口賈政道你們都回去陪老太太坐着去罷說着便回房去剛坐了一坐只見一個小丫頭回道外面林之孝請老爺回話說着遞上個紅單帖來寫着吳巡撫的名字賈政知道來拜便叫小丫頭叫林之孝進來賈政出至廊簷下林之孝進來回道今日巡撫吳大人來拜奴才回了去了再奴才還聽見說現今工部出了一個郎中缺外頭人和部裡都吵嚷是老爺擬正呢賈政道瞧罷咧林之孝又回了幾句話纔出去了

且說珍璉寶玉三人回去獨有寶玉到賈母那邊一面述說北靜王待他的光景並拿出那塊玉來大家看着笑了一回賈母

因命人給他收起去罷別丢了因問你那塊玉好生帶着罷咧鬧混了寶玉便在項上摘下來說這不是我那一塊玉那裡就掉了呢比起來兩塊玉差遠着呢那裡混得過我正要告訴老太太前兒晚上我睡的時候把玉摘下來掛在帳子裡他竟放起光來了滿帳子都是紅的賈母說道又胡說了帳子的簷子是紅的火光照着自然紅是有的寶玉道不是那時候燈已滅了屋裡都漆黑的了還看的見他呢邢王二夫人抿着嘴笑鳳姐道這是喜信發動了寶玉道什麽喜信賈母道你不懂得今兒個鬧了一天你去歇歇兒去罷別在這裡說獃話了寶玉又站了一會兒纔出園中去了這裡賈母問道正是你們去看姨

太太說起這事來沒有王夫人道本來就要去看因鳳丫頭爲巧姐兒病著耽擱了兩天今兒纔去的這事我們告訴了他姨媽倒也十分願意只說蟠兒這時候不在家目今他父親沒了只得和他商量商量再辦賈母道這也是情理的話旣這麼樣大家先別提起等姨太太那邊商量定了再說不說賈母處談論婚事且說寶玉回到自己房中告訴襲人道老太太和鳳姐姐方纔說話含含糊糊不知是什麼意思襲人想了想笑了一笑道這個我也猜不着但只剛纔說這些話時林姑娘在跟前沒有寶玉道林姑娘纔病起來這些時何曾到老太太那邊去呢正說著只聽外間屋裡麝月與秋紋拌嘴襲人道你兩個又

鬧什麽麝月道我們兩個鬥牌他贏了我的錢他拿了去他輸了錢就不肯拿出來這也罷了他倒把我的錢都搶了去了寶玉笑道幾個錢什麽要緊傻東西不許鬧了說的兩個人都咕嘟著嘴坐着去了這裡襲人打發寶玉睡下不提却說襲人聽了寶玉方纔的話也明知是給寶玉提親的事因恐寶玉每有痴想這一提起不知又招出他多少獃話來所以故作不知自已心上却也是頭一件關切的事夜間躺著想了個主意不如去見見紫鵑看他有什麽動靜自然就知道了次日一早起來打發寶玉上了學自己梳洗了便慢慢的去到瀟湘館來只見紫鵑正在那裡掐花兒呢見襲人進來便笑嘻嘻的道姐姐屋

裡坐著襲人道坐著妹妹掐花兒呢嗎姑娘呢紫鵑道姑娘纔梳洗完了等着溫藥呢紫鵑一面說著一面同襲人進來見了黛玉正在那裡拿着一本書看襲人陪着笑道姑娘怨不得勞神起來就看書我們寶二爺念書若能像姑娘這樣豈不好了呢黛玉笑著把書放下雪雁已拿著個小茶盤裡托着一鍾藥一鍾水小丫頭在後面捧着痰盒漱盂進來原來襲人來時要探探口氣坐了一回無處入話又想着黛玉最是心多探不成消息再惹著了他倒是不好又坐了坐搭赸着辭了出來了將到怡紅院門口只見兩個人在那裡站著呢襲人不便往前走那一個早看見了連忙跑過來襲人一看却是鋤藥因問你作

什麼鋤藥道剛纔芸二爺來了拿了個帖兒說給偺們寶二爺瞧的在這裡候信襲人道寶二爺天天上學你難道不知道還候什麼信呢鋤藥笑道我告訴他了他叫告訴姑娘聽姑娘的信呢襲人正要說話只見那一個也慢慢的蹭過來了細看時就是賈芸溜溜湫湫往這邊來了襲人見是賈芸連忙向鋤藥道你告訴說知道了回來給寶二爺瞧罷那賈芸原要過來和襲人說話無非親近之意又不敢造次只得慢慢踱來相離不遠不相襲人說出這話自已也不好再往前走只好站住這裡襲人已掉背臉往回裡去了賈芸只得怏怏而回同鋤藥出去了晚間寶玉回房襲人便回道今日廊下小芸二爺來了寶玉

道作什麼襲人道他還有個帖兒呢寶玉道在那裡拿來我看看麝月便走去在裡間屋裡書槅子上頭拿了來寶玉接過看時上面皮兒上寫着叔父大人安禀寶玉道這孩子怎麼又不認我作父親了襲人道怎麼寶玉道前年他送我白海棠時稱我作父親大人今日這帖子封皮上寫着叔父可不是又不認了麼襲人道他也不害臊你也不害臊他那麼大了倒認你這麼大兒的作父親可不是他不害臊你正經連個剛說到這裡臉一紅微微的一笑寶玉也覺得了便道這倒難講俗語說和尚無兒孝子多着呢只是我看著他還伶俐得人心兒纔這麼著他不願意我還不希罕呢說著一面拆那帖兒襲人也笑道

那小芸二爺也有些鬼鬼頭頭的什麼時候又要看人什麼時候又躲躲藏藏的可知也是個心術不正的貨寶玉只顧拆開看那字兒也不理會襲人這些話襲人見他看那字兒皺一回眉又笑一笑兒又搖搖頭兒後來光景竟不大耐煩起來襲人等他看完了問道是什麼事情寶玉也不答言把那帖子已經撕作幾段襲人見這般光景也不便再問便問寶玉吃了飯還看書不看寶玉道可笑芸兒這孩子竟這樣的混賬襲人見他所答非所問便微微的笑着問道到底是什麼事寶玉道問他作什麼偺們吃飯罷吃了飯歇着罷心裡鬧的怪煩的說着叫小丫頭子點了一點火兒來把那撕的帖兒燒了一時小丫頭

們攏上飯來寶玉只是怔怔的坐着襲人連哄帶慪催着吃了一口兒飯便擱下了仍是悶悶的歪在床上一時間忽然吊下淚來此時襲人麝月都摸不着頭腦麝月道好好兒的這又是為什麼都是什麼芸兒雨兒的不知什麼事弄了這麼個浑帖子來惹的這麼傻了的是的哭一會子笑一會子要天長日久鬧起這悶葫蘆來可叫人怎麼受呢說着竟傷起心來襲人旁邊由不得要笑便勸道好妹妹你也别慪人了他一個人就穀受了你又這麼着他那帖子上的事難道與你相干麝月道你混說起來了知道他帖兒上寫的是什麼混賬話你混往人身上扯要那麼說他帖兒上只怕倒與你相干呢襲人還未答言

只聽寶玉在床上撲哧的一聲笑了爬起來抖了抖衣裳說偺們睡覺罷別鬧了明日我還起早念書呢說著便躺下睡了一宿無話次日寶玉起來梳洗了便往家塾裡去走出院門忽然想起叫焙茗略等急忙轉身回來叫麝月姐姐呢麝月答應着出來問道怎麽又回來了寶玉道今日芸兒要來了告訴他別在這裡鬧再鬧我就回老太太和老爺去了麝月答應了寶玉纔轉身去了剛往外走着只見賈芸慌慌張張往裡來看見寶玉連忙請安說叔叔大喜了那寶玉估量着是昨日那件事便說道你也太冒失了不管人心裡有事沒事只管來攪賈芸陪笑道叔叔不信只管瞧去人都來了在偺們大門口呢寶玉越

發急了說這是那裡的話正說着只聽外邊一片聲嚷起来賈芸道叔叔聽這不是寳玉越發心裡狐疑起來只聽一個人嚷道你們這些人好沒規矩這是什麼地方你們在這裡混嚷那人答道誰叫老爺陞了官呢怎麼不叫我們来吵喜呢別人家盼着吵還不能呢寳玉聽了纔知道是賈政陞了郎中了人來報喜的心中自是甚喜連忙要走時賈芸赶着說道叔叔樂不樂叔叔的親事要再成了不用說是兩層喜了寳玉紅了臉啐了一口道呸沒趣兒的東西還不快走呢賈芸把臉紅了道這有什麼的我看你老人家就不寳玉沉着臉道就不什麼賈芸未及說完也不敢言語了寳玉連忙来到家塾中只見代儒笑

着說道我纔剛聽見你老爺陞了你今日還來了麼寶玉陪笑道過來見了太爺好到老爺那邊去代儒道今日不必來了放你一天假罷可不許回園子裡頑去你年紀不小了雖不能辦事也當跟着你大哥他們學學纔是寶玉答應着回來剛走到二門口只見李貴走來迎着旁邊站住笑道二爺來了麼奴才纔要到學裡請去寶玉笑道誰說的李貴道老太太纔打發人到院裡去找二爺那邊的姑娘們說二爺學裡去了剛纔老太太打發人出來叫奴才去給二爺告幾天假聽說還要唱戲賀喜呢二爺就來了說著寶玉自己進來進了二門只見滿院裡丫頭老婆都是笑容滿面見他來了笑道二爺這早晚纔來還

不快進去給老太太道喜去呢寶玉笑着進了房門只見黛玉
挨着賈母左邊坐着呢右邊是湘雲地下邢王二夫人探春惜
春李紈鳳姐李紋李綺邢岫烟一干姐妹都在屋裡只不見寶
釵寶琴迎春三人寶玉此時喜的無話可說忙給賈母道了喜
又給邢王二夫人道喜一一見了衆姐妹便向黛玉笑道妹妹
身體可大好了黛玉也微笑道大好了聽見說二哥哥身上也
欠安好了麼寶玉道可不是我那日夜裡忽然心裡疼起來這
幾天剛好些就上學去了也沒能過去看妹妹黛玉不等他說
完早扭過頭和探春說話去了鳳姐在地下站着笑道你兩個
那裡像天天在一塊兒的倒像是客有這麼些套話可是人說

的相敬如賓了說的大家都一笑黛玉滿臉飛紅又不好說又不好不說遲了一會兒纔說道你懂得什麽衆人越發笑了鳳姐一時回過味來纔知道自己出言冒失正要拿話岔時只見寶玉忽然向黛玉道林妹妹你瞧芸兒這種冒失鬼說了這一句方想起來便不言語了招的大家又都笑起來說這從那裡說起黛玉也摸不着頭腦也跟的訕訕的笑寶玉無可搭訕因又說道可是剛纔我聽見有人要送戲說是幾兒大家都瞅着他笑鳳姐兒道你在外頭聽見你來告訴我們你這會子問誰呢寶玉得便說道我外頭再去問問去賈母道別跑到外頭去頭一件看報喜的笑話第二件你老子今日大喜回來碰見你

又孩子氣了寶玉答應了個是纔出來了這裏賈母因問鳳姐誰說送戲的話鳳姐道說是二舅舅那邊說後兒日子好送一班新出的小戲兒給老太太老爺太太賀喜因又笑着說道不但日子好還是好日子呢後日還是郝瞅着黛玉笑黛玉也微笑王夫人因道可是呢後日還是外甥女兒的好生日呢賈母想了一想也笑道可見我如今老了什麼事都糊塗了虧了有我這鳳丫頭是我個給事中既這麼着很好他舅舅家給他們賀喜你舅舅家就給你做生日豈不好呢說的大家都笑起來說道老祖宗說句話兒都是上篇上論的怎麼怨得有這麼大福氣呢說着寶玉進來聽見這些話越發樂的手舞足蹈了一

時大家都在賈母這邊吃飯甚實熱鬧自不必說飯後賈政謝
恩回來給宗祠裡磕了頭便來給賈母磕頭站着說了幾句話
便出去拜客去了這裡接連着親戚族中的人來來去去鬧鬧
穰穰車馬填門貂蟬滿坐真個是
　花到正開蜂蝶鬧　月逢十足海天寬
如此兩日已是慶賀之期這日一早王子勝和親戚家已送過
一班戲來就在賈母正廳前搭起行臺外頭爺們都穿着公服
陪侍親戚來賀的約有十餘棹酒裡面爲着是新戲又見賈母
高興便將琉璃戲屏隔在後廈裡面也擺下酒席上首薛姨媽
一棹是王夫人寶琴陪着對面老太太一棹是邢夫人岫烟陪

着下面向空兩棹賈母叫他們快來一回兒只見鳳姐領着衆丫頭都簇擁着黛玉來了那黛玉略換了幾件新鮮衣服打扮得宛如嫦娥下界含羞帶笑的出來見了衆人湘雲李紋李綺都讓他上首坐黛玉只是不肯賈母笑道今日你坐了罷薛姨媽站起來問道今日林姑娘也有喜事麼賈母笑道是他的生日薛姨媽道噯我倒忘了走過來說道恕我健忘回來叫寶琴過來拜姐姐的壽黛玉笑說不敢大家坐了那黛玉留神一看獨不見寶釵便問道寶姐姐可好麼爲什麼不過來薛姨媽道他原該來的只因無人看家所以不來黛玉紅着臉微笑道姨媽那裡又添了大嫂子怎麼倒用寶姐姐看起家來大約是他

怕人多熱鬧嬾待來罷我倒怪想他的薛姨媽笑道難得你惦記他他也常想你們姐兒們過一天我叫他來大家叙叙說著丫頭們下來斟酒上菜外面已開戲了出場自然是一兩齣吉慶戲文及至第三齣只見金童玉女旗旛寶幢引着一個霓裳羽衣的小旦頭上披着一條黑帕唱了幾句兒進去了衆皆不知聽見外面人說這是新打的蕊珠記裡的冥昇小旦扮的是嫦娥前因墮落人寰幾乎給人爲配幸虧觀音點化他就未嫁而逝此時昇引月宮不聽見曲裡頭唱的人間只道風情好那知道秋月春花容易拋幾乎不把廣寒宮忘却了第四齣是吃糠第五齣是達摩帶着徒弟過江回去正扮出些海市蜃樓好

不熱鬧衆人正在高興時忽見薛家的人滿頭汗闖進來向薛蝌道說二爺快回去一並裡頭回明太太也請回去家裡有要緊事薛蝌道什麽事家人道家去說罷薛蝌也不及告辭就走了薛姨媽見裡頭丫頭傳進話去更駭得面如土色即忙起身帶着寶琴别了一聲即刻上車回去了弄得內外愣然賈母道偺們這裡打發人跟過去聽聽到底是什麽事大家都關切的衆人答應了個是不說賈府依舊唱戲單說薛姨媽回去只見有兩個衙役站在二門口幾個當舖裡夥計陪着說太太回來自有道理正說著薛姨媽已進來了那衙役們見跟從着許多男婦簇擁着一位老太太便知是薛蟠之母看見這個勢派也

不敢怎麼只得垂手侍立讓薛姨媽進去了那薛姨媽走到廳房後面早聽見有人大哭却是金桂薛姨媽趕忙走來只見寶釵迎出來滿面淚痕見了薛姨媽便道媽媽聽見了先别著急辦事要緊薛姨媽同寶釵進了屋子因爲頭裡進門時已經走着聽見家人說了嚇的戰戰兢兢的了一面哭着因問到底是合誰只見家人回道太太此時且不必問那些底細憑他是誰打死了總是要償命的且商量怎麼辦纔好薛姨媽哭着出來道還有什麼商議家人道依小的們的主見今夜打點銀兩同着二爺赶去和大爺見了面就在那裡訪一個有斟酌的刀筆先生許他些銀子先把死罪撕擄開回來再求賈府去上司衙

門說情還有外面的衙役太太先拿出幾兩銀子來打發了他們我們好赶着辦事薛姨媽道你們找着那家子許他發送銀子再給他些養濟銀子原告不追事情就緩了寶釵在簾內說道媽媽使不得這些事越給錢越鬧的兇倒是剛纔小厮說的話是薛姨媽又哭道我也不要命了赶到那裡見他一面同他死在一處就完了寶釵急的一面勸一面在簾子裡叫人快同二爺辦去罷丫頭們攙進薛姨媽來薛蝌纔往外走寶釵道有什麼信打發人即刻寄了來你們只管在外頭照料薛蝌答應着去了這寶釵方勸薛姨媽那裡金桂趁空兒抓住香菱又和他嚷道平常你們只管誇他們家裡打死了人一點事也沒有

就進京來了的如今攛掇的真打死人了平日裡只講有錢有勢有好親戚這時候我看着也是嚇的慌手慌脚的了大爺明兒有個好歹兒不能回來時你們各自幹你們的去了撂下我一個人受罪說着又大哭起來這裡薛姨媽聽見越發氣的發昏寶釵急的没法正鬧着只見賈府中王夫人早打發大丫頭過來打聽來了寶釵雖心知自已是賈府的人了一則尚未提明二則事急之時只得向那大丫頭道此時事情頭尾尚未明白就只聽見說我哥哥在外頭打死了人被縣裡拿了去了也不知怎麼定罪呢剛纔二爺纔去打聽去了一半日得了準信趕着就給那邊太太送信去你先回去道謝太太掂記着底下

我們還有多少仰仗那邊爺們的地方呢那丫頭答應着去了薛姨媽和寶釵在家抓摸不着過了兩日只見小厮回來拿了一封書交給小丫頭拿進來寶釵拆開看時書內寫着大哥人命是悞傷不是故殺今早用蝌出名補了一張呈紙進去尚未批出大哥前頭口供甚是不好待此紙批准後再錄一堂能彀翻供得好便可得生了快向當舖內再取銀五百兩來使用千萬莫遲並請太太放心餘事問小厮寶釵看了一一念給薛姨媽聽了薛姨媽拭着眼淚說道這麼看起來竟是死活不定了寶釵道媽媽先別傷心等着叫進小厮來問明了再說一面打發小丫頭把小厮叫進來薛姨媽便問小厮道你把大爺的事

細說與我聽聽小厮道我那一天晚上聽見大爺和二爺說的把我唬糊塗了未知小厮說出什麽話來下回分解

紅樓夢第八十五回終

紅樓夢第八十六回

受私賄老官番案牘　寄閒情淑女解琴書

話說薛姨媽聽了薛蝌的來書因叫進小厮問道你聽見你大爺說到底是怎麼就把人打死了呢小厮道小的也沒聽真切那一日大爺告訴二爺說著回頭看了一看見無人纔說道大爺說自從家裡鬧的特利害大爺也沒心腸了所以要到南邊置貨去這日想着約一個人同行這人在偺們這城南二百多地住大爺找他去了遇見在先和大爺好的那個蔣玉函帶着些小戲子進城大爺同他在個舖子裡吃飯喝酒因爲這當槽兒的儘着拿眼瞟蔣玉函大爺就有了氣了後來蔣玉函走

了第二天大爺就請找的那個人喝酒酒後想起頭一天的事來叫那當槽兒的換酒那當槽兒的來遲了大爺就罵起來了那個人不依大爺就拿起酒碗照他打去誰知那個人也是個潑皮便把頭伸過來叫大爺打大爺拿碗就砸他的腦袋一下子就冒了血了躺在地下頭裡還罵後頭就不言語了薛姨媽道怎麼也沒人勸勸嗎那小廝道這個沒聽見大爺說小的不敢妄言薛姨媽道你先去歇歇罷小廝答應出來這裡薛姨媽自來見王夫人托王夫人轉求賈政賈政問了前後也只好含糊應了只說等薛蝌遞了呈子看他本縣怎麼批了再作道理這裡薛姨媽又在當鋪裡兌了銀子叫小廝趕著去了三日後

果有回信薛姨媽接著了卽叫小丫頭告訴寶釵連忙過來看了只見書上寫道帶去銀兩做了衙門上下使費哥哥在監也不大吃苦請太太放心獨是這裡的人很刁屍親見証都不依連哥哥請的那個朋友也幫着他們我與李祥兩個俱係生地生人幸找着一個好先生許他銀子纔討個主意說是須得拉扯着同哥哥喝酒的吳良弄人保出他來許他銀兩叫他撕擄他若不依便說張三是他打死明推在異鄉人身上他吃不住就好辦了我依着他果然吳良出來現在買囑屍親見証又做了一張呈子前日遞的今日批來請看呈底便知因又念呈底道具呈人某呈爲兄遭飛禍代伸寃抑事竊生胞兄薛蟠本籍

南京寄寓西京于某年月日偹本往南貿易去未數日家奴送信回家說遭人命生即奔憲治知兄誤傷張姓及至囹圄據兄泣告實與張姓素不相認並無仇隙偶因換酒角口生兄將酒潑地恰值張三低頭拾物一時失手酒碗誤碰顖門身死蒙恩拘訊兄懼受刑承認鬪毆致死仰蒙憲天仁慈知有冤抑尚未定案生兄在禁具呈訴辯有干例禁生念手足冐死代呈伏乞憲慈恩準提証質訊開恩莫大生等舉家仰戴鴻仁永永無旣矣激切上呈批的是尸塲檢驗証據確鑿且並未用刑尔兄自認鬪殺招供在案今爾遠來並非目睹何得揑詞妄控理應治罪姑念爲兄情切且恕不准薛姨媽聽到那裡說道這不是救

不過來了麼這怎麼好呢寶釵道二哥的書還沒看完後面還有呢因又念道有要緊的問來使便知薛姨媽便問來人因說道縣裏早知我們的家當充足須得在京裏謀幹得大情再送一分大禮還可以覆審從輕定案太太此時必得快辦再遲了就怕大爺要受苦了薛姨媽聽了叫小廝自去即刻又到賈府與王夫人說明原故懇求賈政賈政只肯托人與知縣說情不肯提及銀物薛姨媽恐不中用求鳳姐與賈璉說了花上幾千銀子纔把知縣買通薛蝌那裏也便弄通了然後知縣掛牌坐堂傳齊了一干鄰保證見屍親人等監裏提出薛蟠刑房書吏俱一一點名知縣便叫地保對明初供又叫屍親張王氏并屍

叔張二問話張王氏哭禀小的的男人是張大南鄉裡住十八年頭裡死了大兒子二兒子也都死了光留下這個死的兒子叫張三今年二十三歲還沒有娶女人呢爲小人家裡窮沒得養活在李家店裡做當槽兒的那一天晌午李家店裡打發人來叫俺說你兒子叫人打死了我的青天老爺小的就唬死了跑到那裡看見我兒子頭破血出的躺在地下喘氣兒問他話也說不出來不多一會兒就死了小人就要揪住這個小雜種拚命衆衙役吆喝一聲張王氏便磕頭道求青天老爺伸冤小人就只這一個兒子了知縣便叫下去又叫李家店的人問道那張三是在你店內傭工的麽那李二回道不是傭工是做當

槽兒的知縣道那日屍場上你說張三是薛蟠將碗砸死的你親眼見的麽李二說道小的在櫃上聽見說客房裡要酒不多一回便聽見說不好了打傷了小的跑進去只見張三躺在地下也不能言語小的便喊稟地保一面報他母親去了他們到底怎樣打的實在不知道求太爺問那喝酒的便知道了知縣喝道初審口供你是親見的怎麽如今說沒有見李二道小的前日唬昏了亂說衙役又吆喝了一聲知縣便叫吳良問道你是同在一處喝酒的麽薛蟠怎麽打的據實供來吳良說小的那日在家這個薛大爺叫我喝酒他嫌酒不好要换張三不肯薛大爺生氣把酒向他臉上潑去不曉得怎麽樣就碰在那腦

袋上了這是親眼見的知縣道胡說前日屍場上薛蟠自己認
拿碗砸死的你說你親眼見的怎麼今日的供不對掌嘴衙役
答應着要打吳良求着說薛蟠實沒有和張三打架酒碗失手
碰在腦袋上的求老爺問薛蟠便是恩典了知縣叫上薛蟠問
道你與張三到底有什麼仇隙畢竟是如何死的實供上來薛
蟠道求太老爺開恩小的實沒有打他為他不肯換酒故拿酒
潑地不想一時失手酒碗誤碰在他的腦袋上小的即忙掩他
的血那裡知道再掩不住血淌多了過一回就死了前日屍場
上怕太老爺要打所以說是拿碗砸他的只求太老爺開恩知
縣便喝道好個糊塗東西本縣問你怎麼砸他的你便供說惱

他不換酒纔砸的今日又供是失手砸的知縣假作聲勢要打要夾薛蟠一口咬定知縣叫仵作將前日屍場填寫傷痕據實報來仵作禀報說前日驗得張三屍身無傷惟顖門有磁器傷長一寸七分深五分皮開顖門骨脆裂破三分實係磕碰傷知縣查對屍格相符早知書吏改輕也不駁詰胡亂便叫畫供張王氏哭喊道青天老爺前日聽見還有多少傷怎麼今日都沒有了知縣道這婦人胡說現有屍格你不知道麼叫屍叔張二便問道你姪兒身死你知道有幾處傷張二忙供道腦袋上一傷知縣道可又來叫書吏將屍格給張王氏瞧去并叫地保屍叔指明與他瞧現有屍場親押証見俱供并未打架不爲鬭毆

只依誤傷吩咐畫供將薛蟠監禁候詳餘令原保領出退堂張王氏哭著亂嚷知縣叫衆衙役攆他出去張二也勸張王氏道實在悞傷怎麼賴人現在太老爺斷明別再胡鬧了薛蝌在外打聽明白心內喜歡便差人回家送信等批詳回來便好打點贖罪且住着等信只聽路上三三兩兩傳說有個貴妃薨了皇上輟朝三日這裏離陵寢不遠知縣辦差墊道一時料著不得閑住在這裏無益不如到監告訴哥哥安心等著我回家去過幾日再來薛蟠也怕母親痛苦帶信說我無事必須衙門再使費幾次便可回家了只是別心疼銀子錢薛蝌留下李祥在此照料一徑回家見了薛姨媽陳說知縣怎樣徇情怎樣審斷終

定了誤傷將來屍親那裡再花些銀子一准贖罪便没事了薛姨媽聽說暫且放心說正盼你來家中照應賈府裡本該謝去況且周貴妃薨了他們天天進去家裡空落落的我想着要去替姨太太那邊照應照應作伴兒只是咱們家又没人你這來的正好薛蝌道我在外頭原聽見說是賈妃薨了這纔趕回來的我們娘娘好好兒的怎麽就死了薛姨媽道上年原病過一次也就好了這回又没聽見娘娘有什麽病只聞那府裡頭幾天老太太不大受用合上眼便看見元妃娘娘衆人都不放心直至打聽起來又没有什麽事到了大前兒晚上老太太親口說是怎麽元妃獨自一個人到我這裡衆人只道是病中想

的話總不信老太太又說你們不信元妃還和我說是榮華易盡須要退步抽身衆人都說誰不想到這是有年紀的人思前想後的心事所以也不當件事恰好第二天早起裡頭吵嚷出來說姑娘病重宣各誥命進去請安他們就驚疑的了不得赶着進去他們還沒有出來我們家裡已聽見周貴妃薨逝了你想外頭的訛言家裡的疑心恰碰在一處可奇不奇寶釵道不但是外頭的訛言舛錯便在家裡的一聽見娘娘兩個字也就都忙了過後纔明白這兩天那府裡這些丫頭婆子來說他們早知道不是偺們家的娘娘我說你們那裡拿得定呢他說道前幾年正月外省薦了一個算命的說是狠准的老太太吽人

將元妃八字夾在丫頭們八字裡頭送出去叫他推算他獨說這正月初一日生日的那位姑娘只怕時辰錯了不然真是個貴人也不能在這府中老爺和衆人說不管他錯不錯照八字算去那先生便說甲申年正月丙寅這四個字內有傷官敗財惟申字內有正官祿馬這就是家裡養不住的也不見什麼好這日子是乙卯初春木旺雖是比肩那裡知道愈比愈好就像那個好木料愈斵削纔成大器獨喜得時上什麼辛金爲貴什麼巳中正官祿馬獨旺這叫作飛天祿馬格又說什麼日逢專祿貴重的很天月二德坐本命貴受椒房之寵這位姑娘若是時辰准了定是一位主子娘娘這不是算准了麼我們還記

得說可惜榮華不久只怕遇着寅年卯月這就是比而又比刼而又刼譬如好木太要做玲瓏剔透本質就不堅了他們把這些話都忘記了只管瞎忙我纔想起來告訴我們大奶奶今年那裡是寅年卯月呢寳釵尚未述完這話薛蝌急道且別管八家的事既有這個神仙算命的我想哥哥今年什麼惡星照命遭這麼橫禍快開八字兒我給他算去看有妨碍麼寳釵道他是外省來的不知今年在京不在了說着便打點薛姨媽往賈府去到了那裡只有李紈探春等在家接着便問道大爺的事怎麼樣了薛姨媽道等詳了上司纔定看來也到不了死罪這纔大家放心探春便道昨晚太太想着說上回家裡有事全仗

姨太太照應如今自已有事也難提了心裡只是不放心薛姨
媽道我在家裡也是難過只是你大哥遭了這事你二兄弟又
辦事去了家裡你姐姐一個人中什麽用况且我們媳婦兒又
是個不大曉事的所以不能脫身過來目今那裡知縣也正爲
預備周貴妃的差使不得了結案件所以你二兄弟同來了我
纔得過來看看李紈便道請姨太太這裡住幾天更好薛姨媽
點頭道我也要在這邊給你們姐妹們作作伴兒就只你寶妹
妹冷靜些惜春道姨媽要惦着爲什麽不把寶姐姐也請過來
薛姨媽笑着說道使不得惜春道怎麽使不得他先怎麽住着
來呢李紈道你不懂的人家家裡如今有事怎麽來呢惜春也

信以爲實不便再問正說著賈母等回來見了薛姨媽也顧不得問好便問薛蟠的事薛姨媽細述了一遍寶玉在傍聽見什麼蔣玉函一段當著人不問心裏打量是他既回了京怎麼不來瞧我又見寶釵也不過來不知是怎麼個原故心內正自呆呆的想呢恰好黛玉也來請安寶玉稍覺心裏喜歡便把想寶釵來的念頭打斷同着姊妹們在老太太那裡吃了晚飯大家散了薛姨媽將就住在老太太的套間屋裡寶玉回到自己房中換了衣裳忽然想起蔣玉函給的汗巾便向襲人道你那一年沒有繫的那條紅汗巾子還有沒有襲人道我擱著呢問他做什麼寶玉道我白問問襲人道你沒有聽見薛大爺相與這

些混賬人所以鬧到人命關天你還提那些做什麽有這樣白操心倒不如靜靜兒的念念書把這些個没要緊的事撂開了也好寶玉道我並不鬧什麽偶然想起有也罷没也罷我白問一聲你們就有這些話襲人笑道並不是我多話一個人知書達禮就該往上巴結纔是就是心愛的人來了也叫他瞧著喜歡尊敬啊寶玉被襲人一提便說了不得方纔我在老太太那邊看見人多没有和林妹妹說話他也不曾理我散的時候他先走了此時必在屋裡我去就來說著就走襲人道快些回來罷這都是我提頭兒倒招起你的高興來了寶玉也不答言低着頭一逕走到瀟湘館來只見黛玉靠在桌上看書寶玉走到

跟前笑說道妹妹早回來了黛玉也笑道你不理我我還在那裡做什麽寶玉一面笑說他們人多說話我插不下嘴去所以沒有和你說話一面瞧著黛玉看的那本書書上的字一個也不認得有的像芍字有的像茫字也有一個大字旁邊九字加上一勾中間又添五個字也有上頭五字六字又添一個木字底下又是一個五字看着又奇怪又納悶便說妹妹近日越發進了看起天書來了黛玉嗤的一聲笑道好個念書的人連個琴譜都沒有見過寶玉道琴譜怎麽不知道爲什麽上頭的字一個也不認得妹妹你認得麽黛玉道不認得瞧他做什麽寶玉道我不信從沒有聽見你會撫琴我們書房裡掛着好幾張

前年來了一個淸客先生叫做什麽嵇好古老爺煩他撫了一曲他取下琴來說都使不得還說老先生若高興改日攜琴來請教想是我們老爺也不懂他便不來了怎麽你有本事藏着黛玉道我何嘗眞會呢前日身上畧覺舒服在大書架上翻書看有一套琴譜甚有雅趣上頭講的琴理甚通手法說的也明白眞是古人靜心養性的工夫我在揚州也聽得講究過也曾學過只是不弄了就沒有了這果眞是三日不彈手生荆棘前日看這幾篇沒有曲文只有操名我又到別處找了一本有曲文的來看着纔有意思究竟怎麽彈的好實在也難書上說的師曠鼓琴能來風雷龍鳳孔聖人尚學琴於師襄一操便知其

爲文王高山流水得遇知音說到這裡眼皮兒微微一動慢慢
的低下頭去寶玉正聽得高興便道好妹妹你纔說的實在有
趣只是我纔見上頭的字都不認得你教我幾個呢黛玉道不
用教的一說便可以知道的寶玉道我是個糊塗人得教我那
個大字加一勾中間一個五字的黛玉笑道這大字九字是用
左手大拇指按琴上的九徽這一勾加五字是右手鉤五絃並
不是一個字乃是一聲是極容易的還有吟揉綽注撞走飛推
等法是講究手法的寶玉樂得手舞足蹈的說好妹妹你旣明
琴理我們何不學起來黛玉道琴者禁也古人制下原以治身
涵養性情抑其淫蕩去其奢侈若要撫琴必擇靜室高齋或在

層樓的上頭在林石的裏面或是山巔上或是水涯上再遇著那天地清和的時候風清月朗焚香靜坐心不外想氣血和平纔能與神合靈與道合妙所以古人說知音難遇若無知音寧可獨對着那清風明月蒼松怪石野猿老鶴撫弄一番以寄興趣方爲不負了這琴還有一層又要指法好取音好若必要撫琴先須衣冠整齊或鶴氅或深衣要知古人的像表那纔能稱聖人之器然後盥了手焚上香方纔將身就在榻邊把琴放在案上坐在第五徽的地方兒對着自己的當心兩手方從容抬起這纔心身俱正還要知道輕重疾徐卷舒自若體態尊重方好寶玉道我們學着頑若這麽講究起來那就難了兩個人正

說着只見紫鵑進來看見寶玉笑說道寶二爺今日這樣高興寶玉笑道聽見妹妹講究的叫人頓開茅塞所以越聽越愛聽紫鵑道不是這個高興說的是二爺到我們這邊來的話寶玉道先時妹妹身上不舒服我怕鬧的他煩再者我又上學因此顯着就踈遠了是的紫鵑不等說完便道姑娘也是纔好二爺旣這麽說坐坐也該讓姑娘歇歇兒了別叫姑娘只是講究勞神了寶玉笑道可是我只顧愛聽也就忘了妹妹勞神了黛玉笑道說這些倒也開心也沒有什麽勞神的只是怕我只會說你只管不懂呢寶玉道橫竪慢慢的自然明白了說着便站起來道當眞的妹妹歇歇兒罷明兒我告訴三妹妹和四妹妹去

叫他們都學起來讓我聽黛玉笑道你也太受用了即如大家學會了撫起來你不懂可不是對黛玉說到那裡想起心上的事便縮住口不肯往下說了寶玉便笑著道只要你們能彈我便愛聽也不管牛不牛的了黛玉紅了臉一笑紫鵑雪雁也都笑了於是走出門來只見秋紋帶著小丫頭捧着一小盆蘭花來說太太那邊有人送了四盆蘭花來因裡頭有事沒有空兒頑他叫給二爺一盆林姑娘一盆黛玉看時却有幾枝雙朶兒的心中忽然一動也不知是喜是悲便呆呆的獃看那寶玉此時却一心只在琴上便說妹妹有了蘭花就可以做猗蘭操了黛玉聽了心裡反不舒服回到房中看着花想到草木當春花

鮮蘂茂想我年紀尚小便像三秋蒲柳若是果能隨願或者漸漸的好來不然只怕似那花柳殘春怎禁得風催雨送想到那裡不禁又滴下淚來紫鵑在傍看見這般光景却想不出原故來方纔寶玉在這裡那麽高興如今好好的看花怎麽又傷起心來正愁着沒法見勸解只見寶釵那邊打發人來未知何事

下回分解

紅樓夢第八十六回終

紅樓夢第八十七回

感秋聲撫琴悲往事　坐禪寂走火入邪魔

却說黛玉叫進寶釵家的女人來問了好呈上書子黛玉叫他去喝茶便將寶釵來書打開看時只見上面寫着

妹生辰不偶。家運多艱。姊妹伶仃。萱親衰邁。兼之猇聲狺語。旦暮無休。更遭慘禍飛災。不啻驚風密雨。夜深輾側。愁緒何堪。屬在同心。能不爲之愍惻乎。回憶海棠結社。序屬清秋。對菊持螯。同盟歡洽。猶記孤標傲世偕誰隱。一樣花開爲底遲。之句。未嘗不歎冷節餘芳。如吾兩人也。感懷觸緒。聊賦四章。匪曰無故呻吟。亦長歌當哭之意耳。

悲時序之遞嬗兮又屬清秋感遭家之不造兮獨處離愁北
堂有萱兮何以忘憂無以解憂兮我心咻咻

雲憑憑兮秋風酸步中庭兮霜葉乾何去何從兮失我故歡
靜言思之兮惻肺肝

惟鮪有潭兮惟鶴有梁鱗甲潛伏兮羽毛何長搔首問兮茫
茫高天厚地兮誰知余之永傷

銀河耿耿兮寒氣侵月色橫斜兮玉漏沉憂心炳炳兮發我
哀吟吟復吟兮寄我知音

黛玉看了不勝傷感又想寶姐姐不寄與別人單寄與我也是惺惺惜惺惺的意思正在沉吟只聽見外面有人說道林姐姐

在家裡呢麼黛玉一面把寶釵的書疊起口內便答應道是誰正問著早見幾個人進來却是探春湘雲李紋李綺彼此問了好雪雁倒上茶來大家喝了說些閒話因想起前年的菊花詩來黛玉便道寶姐姐自從挪出去來了兩遭如今索性有事也不來了真真奇怪我看他終久還來我們這裡不來探春微笑道怎麼不來橫豎要來的如今是他們尊嫂有些脾氣姨媽上了年紀的人又兼有薛大哥的事自然得寶姐姐照料一切那裡還比得先前有工夫呢正說着忽聽得唿喇喇一片風聲吹了好些落葉打在窗紙上停了一回兒又透過一陣清香來衆人聞着都說道這是何處來的香風這像什麼香黛玉道好像

木樨香探春笑道林姐姐終不脫南邊的人話這大九月裡的那裡還有桂花呢黛玉笑道原是啊不然怎麼不竟說是桂花香只說似乎像呢湘雲道三姐姐你也別說你可記得十里荷花三秋桂子在南邊正是晚桂開的時候了你只沒有見過罷了等你明日到南邊去的時候你自然也就知道了探春笑道我有什麼事到南邊去況且這個也是我早知道的不用你們說嘴李紋李綺只抿着嘴兒笑黛玉道妹妹這可說不齊俗語說人是地行仙今日在這裡明日就不知在那裡譬如我原是南邊人怎麼到了這裡呢湘雲拍著手笑道今兒三姐姐可叫林姐姐問住了不但林姐姐是南邊人到這裡就是我們這幾

個人就不能也有本來是北邊的也有根子是南邊生長在北邊的也有生長在南邊到這北邊的今兒大家都湊在一處可見人總有一個定數大凡地和人總是各自有緣分的衆人聽了都點頭探春也只是笑又說了一會子閒話兒大家散出黛玉送至門口大家都說你身上纔好些別出來了看著了風於是黛玉一面說着話兒一面站在門口又與四人慇懃了幾句便看着他們出院去了進來坐着看看已是林烏歸山夕陽西墜因史湘雲說起南邊的話便想著父母若在南邊的景致春花秋月水秀山明二十四橋六朝遺跡不少下人伏侍諸事可以任意言語亦可不避香車畫舫紅杏青帘惟我獨尊今日寄

人籬下縱有許多照應自已無處不要留心不知前生作了什麼罪孽今生這樣孤悽真是李後主說的此間日中只以眼淚洗面矣一面思想不知不覺神往那裡去了紫鵑走來看見這樣光景想着必是因剛纔說起南邊北邊的話来一時觸着黛玉的心事了便問道姑娘們來說了半天話想來姑娘又勞了神了剛纔我叫雪雁告訴厨房裡給姑娘作了一碗火肉白菜湯加了一點兒蝦米兒配了點青笋紫菜姑娘想着好麼黛玉道也罷了紫鵑道還熬了一點江米粥黛玉點點頭兒又說道那粥得你們兩個自已熬了不用他們厨房裡熬纔是紫鵑道我也怕厨房裡弄的不乾淨我們自已熬呢就是那湯我也告

訴雪雁合柳嫂兒說了要弄乾凈着柳嫂兒說了他打點妥當拿到他屋裡叫他們五兒瞅着燉呢黛玉道我倒不是嫌人家腌臢只是病了好些日子不周不備都是人家這會子又湯兒粥兒的調度未免惹人厭煩說着眼圈兒又紅了紫鵑道姑娘這話也是多想姑娘是老太太的外孫女兒又是老太太心坎兒上的別人求其在姑娘跟前討好兒還不能呢那裡有抱怨的黛玉點點頭兒因又問道你纔說的五兒不是那日合寶二爺那邊的芳官在一處的那個女孩兒紫鵑道就是他黛玉道不聽見說要進來麼紫鵑道可不是因爲病了一場後來好了纔要進來正是晴雯他們鬧出事來的時候也就躭擱住了黛

玉道我看那丫頭倒也還頭臉兒乾凈說着外頭婆子送了湯來雪雁出來接時那婆子說道柳嫂兒叫回姑娘這是他們五兒作的沒敢在大厨房裡作怕姑娘嫌腌臢雪雁答應着接了進來黛玉在屋裡已聽見了吩咐雪雁告訴那老婆子回去說叫他費心雪雁出來說了老婆子自去這裡雪雁將黛玉的碗筯安放在小几兒上因問黛玉道還有偺們南來的五香大頭菜拌些麻油醋可好麼黛玉道也使得只不必累墜了一面盛上粥來黛玉吃了半碗用羹匙舀了兩口湯喝就擱下了兩個丫嬛撤下來了拭淨了小几端下去又換上一張常放的小几黛玉漱了口盥了手便道紫鵑添了香了沒有紫鵑道就添去

黛玉道你們就把那湯合粥吃了罷味兒還好且是乾凈待我自己添香罷兩個人答應了在外間自吃去了這裡黛玉添了香自己坐着纔要拿本書看只聽得園內的風自西邊直透到東邊穿過樹枝都在那裡唏嚠嘩喇不住的響一會兒簷下的鐵馬也只管叮叮噹噹的亂敲起來一時雪雁先吃完了進來伺候黛玉便問道天氣冷了我前日叫你們把那些小毛兒衣裳晾晾可曾晾過沒有雪雁道都晾過了黛玉道你拿一件來我披披雪雁走去將一包小毛衣裳抱來打開氈包給黛玉自揀只見內中夾著個絹包兒黛玉伸手拿起打開看時却是寶玉病時送來的舊絹子自己題的詩上面淚痕猶在裡頭却包

着那剪破了的香囊扇袋并寶玉通靈玉上的穗子原來晾衣裳時從箱中檢出紫鵑恐怕遺失了遂夾在這氊包裡的這黛玉不看則已看了時也不說穿那一件衣裳手裡只拿着那兩方手帕呆呆的看那舊詩看了一面不覺得簌簌淚下紫鵑剛從外間進來只見雪雁正捧着一氊包衣裳在傍邊呆立小几上却擱著剪破了的香囊和兩三截兒扇袋並那鉸拆了的穗子黛玉手中却拿著兩方舊帕子上邊寫著字跡在那裡對着滴淚呢正是

失意人逢失意事　新啼痕間舊啼痕

紫鵑見了這樣知是他觸物傷情感懷舊事料道勸也無益只

得笑着道姑娘還看那些東西作什麽那都是那幾年寶二爺和姑娘小時一時好了一時惱了鬧出來的笑話兒要像如今這樣斯抬斯敬的那能把這些東西白遭塌了呢紫鵑這話原給黛玉開心不料這幾何話更提起黛玉初來時和寶玉的舊事來一發珠淚連綿起來紫鵑又勸道雪雁這裡等著呢姑娘披上一件罷那黛玉纔把手帕撂下紫鵑連忙拾起將香袋等物包起拿開這黛玉方披了一件皮衣自已悶悶的走到外間來坐下回頭看見案上寶釵的詩啟尚未收好又拿出來瞧了兩遍歎道境遇不同傷心則一不免也賦四章翻入琴譜可彈可歌明日寫出來寄去以當和作便叫雪雁將外邊桌上筆硯

拿來濡墨揮毫賦成四疊又將琴譜翻出借他猗蘭思賢兩操合成音韻與自己做的配齊了然後寫出以偹送與寶釵又即叫雪雁向箱中將自己帶來的短琴拿出調上弦又操演了指法黛玉本是個絕頂聰明人又在南邊學過幾時雖是手生到底一理就熟撫了一番夜已深了便叫紫鵑收拾睡覺不題却說寶玉這日起來梳洗了帶着焙茗正往書房中來只見墨雨笑嘻嘻的跑來迎頭說道二爺今日便宜了太爺不在書房裏都放了學了寶玉道當真的麼墨雨道二爺不信那不是三爺和蘭哥來了寶玉看時只見賈環賈蘭跟着小廝們兩個笑嘻嘻的嘴裏咭咭呱呱不知說些什麼迎頭來了見了寶玉都垂

手貼住寶玉問道你們兩個怎麽就囬來了賈環道今日太爺有事說是放一天學明兒再去呢寶玉聽了方囬身到賈母賈政處去禀明了然後囬到怡紅院中襲人問道怎麽又囬來了寶玉告訴了他只坐了一坐兒便往外走襲人道往那裡去這樣忙法就放了學依我說也該養養神兒了寶玉站住脚低了頭說道你的話也是但是好容易放一天學還不散散去你也該可憐我些兒了襲人見說的可憐笑道由爺去罷正說着端了飯來寶玉也沒法兒只得且吃飯三口兩口忙忙的吃完漱了口一溜烟往黛玉房中去了走到門口只見雪雁在院中晾絹子呢寶玉因問姑娘吃了飯了麽雪雁道早起喝了半碗粥

懶待吃飯這時候打盹兒呢二爺且到別處走走回來再來罷寶玉只得回來無處可去忽然想起惜春有好幾天沒見便信步走到蓼風軒來剛到窗下只見靜悄悄一無人聲寶玉打諒他也睡午覺不便進去纔要走時只聽屋裡微微一響不知何聲寶玉站住再聽半日又咱的一响寶玉還未聽出只見一個人道你在這裡下了一個子兒那裡你不應麽寶玉方知是下棋呢但只急切聽不出這個人的語音是誰底下方聽見惜春道怕什麽你這麽一吃我我這麽一應你又這麽吃我又這麽應還緩着一着兒呢終久連的上那一個又道我要這麽一吃呢惜春道阿嗄還有一著反撲在裡頭呢我倒没防備寶玉聽

了聽那一個聲音狠熟却不是他們姊妹料着惜春屋裡也沒外人輕輕的掀簾進去看時不是别人却是那櫳翠菴的檻外人妙玉這寶玉見是妙玉不敢驚動妙玉和惜春正在凝思之際也沒理會寶玉却站在旁邊看他兩個的手段只見妙玉低着頭問惜春道你這個畸角兒不要了麽惜春道怎麽不要你那裡頭都是死子兒我怕什麽妙玉道且别說滿話試試看惜春道我便打了起來看你怎麽着妙玉却微微笑着把邊上子一接却搭轉一吃把惜春的一個角兒都打起來了笑着說道這叫做倒脫靴勢惜春尚未答言寶玉在旁情不自禁哈哈一笑把兩個人都唬了一大跳惜春道你這是怎麽說進來也不

言語這麼使促狹唬人你多早晚進來的寶玉道我頭裡就進來了看着你們兩個爭這個畸角兒說着一面與妙玉施禮一面又笑問道妙公輕易不出禪關今日何緣下凡一走妙玉聽了忽然把臉一紅也不答言低了頭自看那棊寶玉自覺造次連忙陪笑道倒是出家人比不得我們在家的俗人頭一件心是靜的靜則靈靈則慧寶玉尚未說完只見妙玉微微的把眼一抬看了寶玉一眼復又低下頭去那臉上的顏色漸漸的紅暈起來寶玉見他不理只得訕訕的旁邊坐了惜春還要下子妙玉半日說道再下罷便起身理理衣裳重新坐下癡癡的問着寶玉道你從何處來寶玉巴不得這一聲好解釋前頭的話

忽又想道或是妙玉的機鋒轉紅了臉答應不出來妙玉微微一笑自合惜春說話惜春也笑道二哥哥這什麼難答的你沒有聽見人家常說的從來處來麼這也值得把臉紅了見了生人似的妙玉聽了這話想起自家心上一動臉上一熱必然也是紅的倒覺不好意思起來因站起來說道我來得久了要回菴裡去了惜春知妙玉爲人也不深留送出門口妙玉笑道久已不來這裡灣灣曲曲的回去的路頭都要迷住了寶玉道這到要我來指引指引何如妙玉道不敢二爺前請於是二人別了惜春離了蓼風軒灣灣曲曲走近瀟湘館忽聽得叮咚之聲妙玉道那裡的琴聲寶玉道想必是林妹妹那裡撫琴呢妙

玉道：原來他也會這個，嗎怎麼素日不聽見提起？寶玉悉把黛玉的事說了一遍，因說：偺們去看他。妙玉道：從古只有聽琴，再沒有看琴的。寶玉笑道：我原說我是個俗人。說著，二人走至瀟湘館外，在山子石上坐着靜聽，甚覺音調清切。只聽得低吟道：

風蕭蕭兮秋氣深，美人千里兮獨沉吟。望故鄉兮何處，倚欄杆兮沾涕襟。

歇了一回，聽得又吟道：

山迢迢兮水長，照軒窗兮明月光。耿耿不寐兮銀河渺茫，羅衫怯怯兮風露涼。

又歇了一歇。妙玉道：剛纔侵字韻是第一疊，如今揚字韻是第

二疊了咱們再聽裡邊又吟道

子之遭兮不自由予之遇兮多煩憂之子與我兮心焉相投
思古人兮俾無尤

妙玉道這又是一拍何憂思之深也寶玉道我雖不懂得但聽他聲音也覺得過悲了裡頭又調了一回弦妙玉道君弦太高了與無射律只怕不配呢裡邊又吟道

人生斯世兮如輕塵天上人間兮感夙因感夙因兮不可惙
素心如何天上月

妙玉聽了呀然失色道如何忽作變徵之聲音韵可裂金石矣只是太過寶玉道太過便怎麽妙玉道恐不能持久正議論時

聽得君弦磞的一聲斷了妙玉站起來連忙就走寶玉道怎麼
樣妙玉道日後自知你也不必多說竟自走了弄得寶玉滿肚
疑團沒精打彩的歸至怡紅院中不表且說妙玉歸去早有道
婆接着掩了庵門坐了一回把禪門日誦念了一遍吃了晚飯
點上香拜了菩薩命道婆子自去歇着巳的禪床靠背俱已整
齊屏息垂簾跏趺坐下斷除妄想趨向真如坐到三更已後聽
得房上嗗碌碌一片響聲妙玉恐有賊來下了禪床出到前軒
但見雲影橫空月華如水那時天氣上不很凉獨自一個凴欄
站了一回忽聽房上兩個猫兒一遞一聲廝叫那妙玉忽想起
日間寶玉之言不覺一陣心跳耳熱自己連忙收攝心神走進

禪房仍到禪床上坐了怎奈神不守舍一時如萬馬奔馳覺得禪床便恍蕩起來身子已不在菴中便有許多王孫公子要求娶他又有些媒婆扯扯拽拽扶他上車自己不肯去一回兒又有盜賊刼他持刀執棍的逼勒只得哭喊求救早驚醒了菴中女尼道婆等衆都拿火來照看只見妙玉兩手撒開口中流沫急叫醒時只見眼睛直豎兩顴鮮紅駡道我是有菩薩保佑你們這些強徒敢要怎麽樣衆人都唬的沒了主意都說道我們在這裏呢快醒轉來罷妙玉道我要回家去你們有什麽好人送我回去罷道婆道這裏就是你住的房子說着又叫別的女尼忙向觀音前禱告求了籤翻開籤書看時是觸犯了西南角

上的陰人就有一個說是了大觀園中西南角上本來沒有人住陰氣是有的一面弄湯弄水的在那裡忙亂那女尼原是自南邊帶來的伏侍妙玉自然比別人盡心圍着妙玉坐在禪床上妙玉回頭道你是誰女尼道是我妙玉仔細瞧了一瞧道原來是你便抱住那女尼嗚嗚咽咽的哭起來說道你是我的媽呀你不救我我不得活了那女尼一面喚醒他一面給他揉着道婆倒上茶來喝了直到天明纔睡了女尼便打發人去請大夫來看脈也有說是思慮傷脾的也有說是熱入血室的也有說是邪祟觸犯的也有說是內外感冒的終無定論後請得一個大夫來看了問曾打坐過沒有道婆說道向來打坐的大夫

道這病可是昨夜忽然來的麽道婆道是大夫道這是走魔入火的原故衆人問有礙没有大夫道幸虧打坐不久魔還入得淺可以有救寫了降伏心火的藥吃了一劑稍稍平復些外面那些游頭浪子聽見了便造作許多謠言說這麽年紀那裡忍得住况且又是很風流的人品很乖覺的性靈已後不知飛在誰手裡便宜誰去呢過了幾日妙玉病雖略好了些神思未復終有些恍惚一日惜春正坐着彩屏忽然進來回道姑娘知道妙玉師父的事嗎惜春道他有什麽事彩屏道我昨日聽見邢姑娘和大奶奶在那裡說呢他自從那日合姑娘下碁回去夜間忽然中了邪嘴裡亂嚷說强盜來搶他來了到如今還没好

呢姑娘你說這不是奇事嗎惜春聽了默默無語因想妙玉雖然潔淨畢竟塵緣未斷可惜我生在這種人家不便出家我若出了家時那有邪魔纏擾一念不生萬緣俱寂想到這裏驀與神會若有所得便口占一偈云

大造本無方　云何是應住

既從空中來　應向空中去

占畢即命丫頭焚香自己靜坐了一回又翻開那棋譜來把孔融王積薪等所着看了幾篇內中茂葉包蠏勢黃鶯搏兎勢都不出奇三十六局殺角勢一時也難會難記獨看到十龍走馬覺得甚有意思正在那裏作想只聽見外面一個人走進院來

連叫彩屏未知是誰下回分解

紅樓夢第八十七回終

紅樓夢第八十八回

博庭歡寶玉讚孤兒　正家法賈珍鞭悍僕

却說惜春正在那裡揣摩棋譜忽聽院內有人叫彩屏不是別人却是鴛鴦的聲兒彩屏出去同着鴛鴦進來那鴛鴦却帶着一個小丫頭提了一個小黃絹包兒惜春笑問道什麼事鴛鴦道老太太因明年八十一歲是個暗九許下一塲九晝夜的功德發心要寫三千六百五十零一部金剛經這已發出外面人寫了但是俗說金剛經就像那道家的符殼心經纔算是符膽故此金剛經內必要揷着心經更有功德老太太因心經是更要緊的觀自在又是女菩薩所以要幾個親丁奶奶姑娘們寫

上三百六十五部如此又虔誠又潔净偺們家中除了二奶奶頭一宗他當家没有空兒二宗他也寫不上來其餘會寫字的不論寫得多少連東府珍大奶奶姨娘們都分了去本家裡頭自不用說惜春聽了點頭道別的我做不來若要寫經我最信心的你擱下喝茶罷鴛鴦纔將那小包兒擱在棹上同惜春坐下彩屏倒了一鍾茶來惜春笑問道你寫不寫鴛鴦道姑娘又說笑話了那幾年還好這三四年來姑娘還見我拿了拿筆兒麽惜春道這却是有功德的鴛鴦道我也有一件事向來伏侍老太太安歇後自已念上米佛已經念了三年多了我把這個米收好等老太太做功德的時候我將他襯在裡頭供佛施食

也是我一點誠心惜春道這樣說來老太太做了觀音你就是
龍女了鴛鴦道那裡跟得上這個分兒却是除了老太太別的
也伏侍不來不曉得前世什麼緣分兒說著要走叫小丫頭把
小絹包打開拿出來道這素紙一扎是寫心經的又拿起一子
兒藏香道這是叫寫經時點著寫的惜春都應了鴛鴦遂辭了
出來同小丫頭來至賈母房中回了一遍看見賈母與李紈打
雙陸鴛鴦旁邊瞧着李紈的骰子好擲下去把老太太的錘打
下了好幾個去鴛鴦抿着嘴兒笑忽見寶玉進來手中提了兩
個細篾絲的小籠子籠內有幾個蟈蟈兒說道我聽說老太太
夜裡睡不着我給老太太留下解解悶賈母笑道你別瞅着你

老子不在家你只管淘氣寶玉笑道我沒有淘氣賈母道你沒淘氣不在學房裡念書爲什麼又弄這個東西呢寶玉道不是我自巳弄的前兒因師父叫環兒和蘭兒對對子環兒對不來我悄悄的告訴了他他說了師父喜歡誇了他兩句他感激我的情買了來孝敬我的我纔拿了來孝敬老太太的賈母道他沒有天天念書麼爲什麼對不上來對不上來就叫你儒大爺爺打他的嘴巴子看他臊不臊你也彀受了不記得你老子在家時一叫做詩做詞唬的倒像個小鬼兒是的這會子又說嘴了那環兒小子更沒出息求人替做了就變着方法兒打點人這麼點子孩子就鬧鬼鬧神的也不害臊趕大了還不知是個

什麽東西呢說的滿屋子人都笑了賈母又問道蘭小子呢做上來了沒有這該環兒替他了他又比他小了是不是寶玉笑道他倒沒有却是自己對的賈母道我不信不然就也是你鬧了鬼了如今你還了得羊羣裡跑出駱駝來了就只你大你又會做文章了寶玉笑道實在是他作的師父還誇他明兒一定有大出息呢老太太不信就打發人叫了他來親自試試老太太就知道了賈母道果然這麼着我纔喜歡我不過怕你撒謊既是他做的這孩子明兒大槩還有一點兒出息因看着李紈又想起賈珠來又說這也不枉你大哥哥死了你大嫂子拉扯他一場日後也替你大哥哥頂門壯戶說到這裡不禁淚下李

紈聽了這話却也動心只是賈母已經傷心自已連忙忍住淚笑勸道這是老祖宗的餘德我們托着老祖宗的福罷咧只要他應的了老祖宗的話就是我們的造化了老祖宗看着也喜歡怎麼倒傷起心來呢因又回頭向寶玉道寶叔叔明兒別這麼誇他他多大孩子知道什麼你不過是愛惜他的意思他那裡懂得一來二去眼大心肥那裡還能彀有長進呢賈母道你嫂子這也說的是就只他還太小呢也別逼靠緊了他小孩子胆兒小一時逼急了弄出點子毛病來書倒念不成把你的工夫都白遭塌了賈母說到這裡李紈却忍不住撲簌簌掉下淚來連忙擦了只見賈環賈蘭也都進來給賈母請了安賈蘭又

見過他母親然後過來在賈母傍邊侍立賈母道我剛纔聽見你叔叔說你對的好對了師父誇你來着賈蘭也不言語只管抿著嘴兒笑鴛鴦過來說道請示老太太晚飯伺候下了賈母道請你姨太太去罷琥珀接着便叫人去王夫人那邊請薛姨媽這裡寶玉賈環退出素雲和小丫頭們過來把雙陸收起李紈尚等着伺候賈母的晚飯賈蘭便跟着他母親站着賈母道你們娘兒兩個跟着我吃罷李紈答應了一時擺上飯來丫鬟回來稟道太太叫回老太太姨太太這幾天浮來暫去不能過來回老太太今日飯後家去了於是賈母叫賈蘭在身傍邊坐下大家吃飯不必細言却說賈母剛吃完了飯盥漱了歪在床

上說閑話兒只見小丫頭子告訴琥珀琥珀過來回賈母道東府大爺請晚安來了賈母道你們告訴他如今他辦理家務乏乏的叫他歇著去罷我知道了小丫頭告訴老婆子們老婆子纔告訴賈珍賈珍然後退出到了次日賈珍過來料理諸事門上小廝陸續回了幾件事又一個小厮回道庄頭送菓子來了賈珍道单子呢那小厮連忙呈上賈珍看時上面寫着不過是時鮮菓品還夾帶菜蔬野味若干在內賈珍看完問向來經管的是誰門上的回道是周瑞便叫周瑞照賬點清送往裡頭交代等我把來賬抄下一個底子留著好對又叫告訴厨房把下菜中添幾宗給送菓子的來人照常賞飯給錢周瑞答應了

面叫人搬至鳳姐兒院子裡去又把庄上的賬和菓子交代明白出去了一回兒又進來回賈珍道纔剛來的菓子大爺曾點過數目没有賈珍道我那裡有工夫點這個呢給了你賬你照賬點就是了周瑞道小的曾點過也没有少也不能多出來大爺既留下底子再叫送菓子來的人問問他這賬是真的假的賈珍道這是怎麽説不過是幾個菓子罷咧有什麽要緊我又没有疑你説着只見鮑二走來磕了一個頭説道求大爺原舊放小的在外頭伺候罷賈珍道你們這又是怎麽着鮑二道奴才在這裡又説不上話來賈珍道誰叫你説話鮑二道何苦來在這裡做眼睛珠兒周瑞接口道奴才在這裡經管地租庄子

銀錢出入每年也有三五十萬來往老爺太太奶奶們從沒有說過話的何況這些零星東西若照鮑二說起來爺們家裏的田地房產都被奴才們弄完了賈珍想道必是鮑二在這裏拌嘴不如叫他出去因向鮑二說道快滾罷又告訴周瑞說你也不用說了你幹你的事罷二人各自散了賈珍正在書房裏歇著聽見門上鬧的翻江攪海叫人去查問回來說道鮑二和周瑞的乾兒子打架賈珍道周瑞的乾兒子是誰門上的回道他叫何三本來是個沒味兒的天天在家裏吃酒鬧事常來門上坐着聽見鮑二和周瑞拌嘴他就插在裏頭賈珍道這却可惡把鮑二和那個什麼何三給我一塊兒捆起來周瑞呢門上的

回道打架時他先走了賈珍道給我拿了來這還了得了衆人答應了正嚷着賈璉也回來了賈珍便告訴了一遍賈璉道這還了得又添了人去拿周瑞周瑞知道躲不過也找到了賈珍便叫都捆上賈璉便向周瑞道你們前頭的話也不要緊大爺說開了狠是了爲什麼外頭又打架你們打架已經使不得又弄個野雜種什麼何三來鬧你不壓伏壓伏他們倒竟走了就把周瑞踢了幾脚賈珍道单打周瑞不中用喝命人把鮑二和何三各人打了五十鞭子攆了出去方和賈璉兩個商量正事下人背地裡便生出許多議論來也有說賈珍護短的也有說不會調停的也有說他本不是好人前兒尤家姐妹弄出許多

醜事來那鮑二不是他調停著二爺叫了来的嗎這會子又嫌鮑二不濟事必是鮑二的女人伏侍不到了人多嘴雜紛紛不一卻說賈政自從在工部掌印家人中儘有發財的那賈芸聽見了也要插手弄一點事兒便在外頭說了幾個工頭講了成數便買了些時新繡貨要走鳳姐兒的門子鳳姐正在屋裡聽見丫頭們說大爺二爺都生了氣在外頭打人呢鳳姐聽了不知何故正要叫人去問問只見賈璉已進來了把外面的事告訴了一遍鳳姐道事情雖不要緊但這風俗兒斷不可長此刻還算咱們家裡正旺的時候兒他們就敢打架已後小輩兒們當了家他們越發難制伏了前年我在東府裡親眼見過焦大

吃的爛醉躺在臺堦子底下罵人不管上上下下一混湯子的混罵他雖是有過功的人倒底主子奴才的名分也要存點體統兒纔好珍大奶奶不是我說是個老實頭個個人都叫他養得無法無天的如今又弄出一個什麼鮑二我還聽見是你和珍大爺得用的人爲什麼今兒又打他呢賈璉聽了這話刺心便覺赸赸的拿話來支開借有事說着就走了小紅進來回道芸二爺在外頭要見奶奶鳳姐一想他又來做什麼便道叫他進來罷小紅出來瞅着賈芸微微一笑賈芸赶忙凑近一步問道姑娘替我回了没有小紅紅了臉說道我就是見二爺的事多賈芸道何曾有多少事能到裡頭來勞動姑娘呢就是那一

年姑娘在寶二叔房裡我纔和姑娘小紅怕人撞見不等說完連忙問道那年我換給二爺的一塊絹子二爺見了沒有那賈芸聽了這句話喜的心花俱開纔要說話只見一個小丫頭從裡面出來賈芸連忙同着小紅往裡走兩個人一左一右相離不遠賈芸悄悄的道回來我出來還是你送出我來我告訴你還有笑話兒呢小紅聽了把臉飛紅瞅了賈芸一眼也不答言和他到了鳳姐門口自己先進去回了然後出來掀起簾子點手兒口中却故意說道奶奶請芸二爺進來呢賈芸笑了一笑跟著他走進房來見了鳳姐兒請了安並說母親叫問好鳳姐也問了他母親好鳳姐道你來有什麼事賈芸道姪兒從前承

嬸娘疼愛心上時刻想着總過意不去欲要孝敬嬸娘又怕嬸娘多想如今重陽時候略備了一點兒東西嬸娘這裏那一件沒有呢不過是姪兒一點孝心只怕嬸娘不賞臉鳳姐兒笑道有話坐下說賈芸纔側身坐了連忙將東西捧着擱在傍邊桌上鳳姐又道你不是什麼有餘的人何苦又去花錢我又不等着使你今兒來意是怎麼個想頭兒你倒是實說賈芸道並沒有別的想頭兒不過感念嬸娘的恩惠過意不去罷咧說着微微的笑了鳳姐道不是這麼說你手裏窄我狠知道我何苦白白兒使你的你要我收下這個東西須先和我說明白了要是這麼含着骨頭露着肉的我倒不收賈芸沒法兒只得站起來

陪着笑兒說道並不是有什麼妄想前幾日聽見老爺總辦陵工姪兒有幾個朋友辦過好些工程極妥當的要求嬸娘在老爺跟前提一提辦得一兩種姪兒再忘不了嬸娘的恩典若是家裡用得着姪兒也能給嬸娘出力鳳姐道若是別的我却可以作主至於衙門裡的事上頭呢都是堂官司員定的底下呢都是那些書班衙役們辦的別人只怕插不上手連自己的家人也不過跟著老爺伏侍伏侍就是你二叔去亦只是為的是各自家裡的事他也並不能攙越公事論家事這裡是踹一頭兒撬一頭兒的連珍大爺還彈壓不住你的年紀兒又輕輩數兒又小那裡纏的清這些人呢況且衙門裡頭的事差不多兒

也要完了不過吃飯睄跑你在家裡什麽事作不得難道没了這碗飯吃不成我這是實在話你自已回去想想就知道了你的情意我已經領了把東西快拿回去是那裡弄來的仍舊給人家送了去罷正說著只見奶媽子一大起帶了巧姐兒進來那巧姐兒身上穿得錦團花簇手裡拿着好些頑意兒笑嘻嘻走到鳳姐身邊學舌賈芸一見便站起來笑盈盈的赶着說道這就是大妹妹麽你要什麽好東西不要那巧姐兒便啞的一聲哭了賈芸連忙退下鳳姐道乖乖不怕連忙將巧姐攬在懷裡道這是你芸大哥哥怎麽認起生來了賈芸道妹妹生得好相貌將來又是個有大造化的那巧姐兒回頭把賈芸一瞧又

哭起來疊連幾次賈芸看這光景坐不住便起身告辭要走鳳姐道你把東西帶了去罷賈芸道這一點子孀娘還不賞臉鳳姐道你不帶去我便叫人送到你家去芸哥兒你不要這麽着你又不是外人我這裡有机會少不得打發人去叫你沒有事也沒法兒不在乎這些東東西西上們賈芸看見鳳姐執意不受只得紅着臉道既這麽着我再找得用的東西來孝敬孀娘罷鳳姐兒便叫小紅拿了東西跟着送出芸哥去賈芸走着一面心中想道人說二奶奶利害果然利害一點兒都不漏縫真正斬釘截鐵怪不得沒有後世這巧姐兒更怪見了我好像前世的冤家是的真正晦氣白鬧了這麽一天小紅見賈芸沒得

彩頭也不高興拿着東西跟出來賈芸接過來打開包兒揀了兩件悄悄的遞給小紅小紅不接嘴裡說道二爺別這麼着看奶奶知道了大家倒不好看賈芸道你好生收着罷怕什麼那裡就知道了呢你若不要就是瞧不起我了小紅微微一笑纔接過來說道誰要你這些東西算什麼呢說了這句話把臉又飛紅了賈芸也笑道我也不是爲東西况且那東西也算不了什麼說着話兒兩個已走到二門口賈芸把下剩的仍舊揣在懷內小紅催着賈芸道你先去罷有什麼事情只管來找我我如今在這院裡了又不隔手賈芸點點頭兒說道二奶奶太利害我可惜不能長來剛纔我說的話你橫豎心裡明白得了空

兒再告訴你罷小紅滿臉羞紅說道你去罷明兒也長來走走
誰叫你和他生疎呢賈芸道知道了賈芸說着出了院門這裡
小紅站在門口怔怔的看他去遠了纔回來了却說鳳姐在屋
裡吩咐預備晚飯因又問道你們熬了粥了沒有了鬟們連忙
去問了回來回道預備了鳳姐道你們把那南邊來的糟東西弄
一兩碟來罷秋桐答應了叫了頭們伺候平兒走來笑道我倒
忘了今兒晌午奶奶在上頭老太太那邊的時候水月菴的師
父打發人來要向奶奶討兩瓶南小菜還要支用幾個月的月
錢說是身上不受用我問那道婆來着師父怎麼不受用說他
四五天了前兒夜裡因那些小沙彌小道士裡頭有幾個女孩

子睡覺沒有吹燈他說了几次不聽那一夜看見他們三更以後燈還點着呢他便叫他們吹燈倆個都睡着了沒有人答應只得自己親自起來給他們吹滅了回到炕上只見有兩個人一男一女坐在炕上他赶着問是誰那裡把一根繩子往他脖子上一套他便叫起人來衆人聽見點上燈火一齊赶來已經躺在地下滿口吐白沫子幸虧救醒了此時還不能吃東西所以叫來尋些小菜兒的我因奶奶不在屋裡不便給他我說奶奶此時沒有空兒在上頭呢回來告訴便打發他回去了剛纔聽見說起南菜方想起來了不然就忘了鳳姐聽了呆了一呆說道南菜不是還有呢叫人送些去就是了那銀子過一天叫

芹哥來領就是了又見小紅進來回道剛纔二爺差人來說是今晚城外有事不能回來先通知一聲鳳姐道是了說著只聽見小丫頭從後面喘吁吁的嚷着直跑到院子裡來外面平兒接着還有幾個丫頭們咕咕唧唧的說話鳳姐道你們說什麼呢平兒道小丫頭子有些膽怯說鬼話鳳姐說那一個小丫頭進來問道什麼鬼話那丫頭道我剛纔到後邊去叫打雜兒的添煤只聽得三間空屋子裡嘩喇嘩喇的响我還道是貓兒耗子又聽得噯的一聲像個人出氣兒的是的我害怕就跑回來了鳳姐罵道胡說我這裡斷不興說神說鬼我從來不信這些個話快滾出去罷那小丫頭出去了鳳姐便叫彩明將一天零

碎日用賬對過一遍時已將近二更大家又歇了一回略說些閒話遂叫各人安歇去罷鳳姐也睡下了將近三更鳳姐似睡不睡覺得身上寒毛一乍自己驚醒了越躺着越發起滲來因叫平兒秋桐過來作伴二人也不解何意那秋桐本來不順鳳姐後來賈璉因尤二姐之事不大愛惜他了鳳姐又籠絡他如今倒也安靜只是心裏比平兒差多了外面情兒今見鳳姐不受用只得端上茶來鳳姐喝了一口道難爲你睡去罷只留平兒在這裏就彀了秋桐却要獻勤兒因說道奶奶睡不着倒是我們兩個輪流坐坐也使得鳳姐一面說一面睡着了平兒秋桐看見鳳姐已睡只聽得遠遠的雞聲叫了二人方都穿着衣

裳畧躺了一躺就天亮了連忙起來伏侍鳳姐梳洗鳳姐因夜中之事心神恍惚不寧只是一味要強仍然扎挣起來正坐着納悶忽聽個小丫頭子在院裡問道平姑娘在屋裡麽平兒答應了一聲那小丫頭掀起簾子進來却是王夫人打發過來來找賈璉說外頭有人回要緊的官事老爺纔出了門太太叫快請二爺過去呢鳳姐聽見唬了一跳未知何事下回分解

紅樓夢第八十八回終

紅樓夢第八十九回

人亡物在公子塡詞　蛇影杯弓顰卿絶粒

却說鳳姐正自起來納悶忽聽見小丫頭這話又唬了一跳連忙又問什麽官事小丫頭道也不知道剛纔二門上小厮回進來說老爺有要緊的官事所以太太叫我請二爺來了鳳姐聽了工部裡的事纔把心略略的放下因說道你回去回太太就說二爺昨日晚上出城有事没有回來打發人先回珍大爺去罷那丫頭答應着去了一時賈珍過來見了部裡的人問明了進來見了王夫人道部中來報昨日總河奏到河南一帶决了河口湮没了幾府州縣又要開銷國帑修理城工工部司官

又有一番照料所以部裡特來報知老爺的說完退出及賈政回家來問明從此直到冬間賈政天天有事常在衙門裡寶玉的工課也漸漸鬆了只是怕賈政覺察出來不敢不常在學房裡去念書連黛玉處也不敢常去那時已到十月中旬寶玉起來要往學房中去這日天氣陡寒只見襲人早已打點出一包衣裳向寶玉道今日天氣很涼早晚寧可暖些說著把衣裳拿出來給寶玉挑了一件穿又包了一件叫小丫頭拿出交給焙茗囑咐道天氣冷二爺要換時好生預備着焙茗答應了抱着毡包跟着寶玉自去寶玉到了學房中做了自己的工課忽聽得紙窗呼喇喇一派風聲代儒道天氣又變了把風門推開一

看只見西北上一層層的黑雲漸漸往東南撲上來焙茗走進來回寶玉道二爺天氣冷了再添些衣裳罷寶玉點點頭兒只見焙茗拿進一件衣裳來寶玉不看則已看了時神已痴了那些小學生都巴着眼瞧却原是晴雯所補的那件雀金裘寶玉道怎麽拿這一件來是誰給你的焙茗道是裡頭姑娘們包出來的寶玉道我身上不大冷且不穿呢包上罷代儒只當寶玉可惜這件衣裳却也心裡喜他知道儉省焙茗道二爺穿上罷著了冷又是奴才的不是了二爺只當疼奴才罷寶玉無奈只得穿上呆呆的對着書坐著代儒也只當他看書不甚理會晚間放學時寶玉便往代儒托病告假一天代儒本來上年紀的

人也不過伴著幾個孩子解悶兒時常也八病九痛的樂得去一個少操一日心況且明知賈政事忙賈母溺愛便點點頭兒寶玉一逕回來見過賈母王夫人也是這麽說自然沒有不信的略坐一坐便回園中去了見了襲人等也不似往日有說有笑的便和衣躺在炕上襲人道晚飯預備下了這會兒吃還是等一等兒寶玉道我不吃了心裏不舒服你們吃去罷襲人道那麽着你也該把這件衣裳換下來了那個東西那裏禁得住揉搓寶玉道不用換襲人道倒也不但是嬌嫩物兒你瞧瞧那上頭的針線也不該這麽遭塌他呀寶玉聽了這話正碰在他心坎兒上歎了一口氣道那麽着你就收起來給我包好了我

也總不穿他了說着站起來脫下襲人纔過來接時寶玉已經自己疊起襲人道二爺怎麽今日這樣勤謹起來了寶玉也不答言疊好了便問包這個的包袱呢麝月連忙遞過來讓他自己包好回頭和襲人擠着眼兒笑寶玉也不理會自己坐着無精打彩猛聽架上鐘響自己低頭看了看表針已指到酉初二刻了一時小丫頭點上燈來襲人道你不吃飯喝半碗熱粥兒罷別淨餓着看仔細餓上虚火來那又是我們的累贅了寶玉搖搖頭兒說這不大餓强吃了倒不受用襲人道既這麽著就索性早些歇着罷于是襲人麝月鋪設好了寶玉也就歇下翻來覆去只睡不着將及黎明反朦朧睡去有一頓飯時早又醒

了此時襲人麝月也都起來襲人道昨夜聽着你翻騰倒五更天我也不敢問你後來我就睡著了不知到底你睡着了沒有寶玉道也睡了一睡不知怎麼就醒了襲人道你沒有什麼不受用寶玉道沒有只是心上發煩襲人道今日學房裡去不去寶玉道我昨兒已經告了一天假了今兒我要想園裡逛一天散散心只是怕冷你叫他們收拾一間屋子備了一爐香擱下紙墨筆硯你們只管幹你們的我自己靜坐半天纔好別叫他們來攪我麝月接著道二爺要靜靜兒的用工夫誰敢來攪襲人道這麼着很好也省得着了凉自己坐坐心神也不攪因又問你既懶待吃飯今日吃什麼早說好傳給廚房裡去寶玉道

還是隨便罷不必鬧的大驚小怪的倒是要幾個菓子擱在那屋裡借點菓子香襲人道那個屋裡好別的都不大乾淨只有晴雯起先住的那一間因一向無人還乾淨就是清冷些寶玉道不妨把火盆挪過去就是了襲人答應了正說著只見一個小丫頭端了一個茶盤兒一個碗一雙牙筯遞給麝月道這是剛纔花姑娘要的厨房裡老婆子送了來了麝月接了一看却是一碗燕窩湯便問襲人道這是姐姐要的麽襲人笑道昨夜二爺沒吃飯又翻騰了一夜想來今兒早起心裡必是發空的所以我告訴小丫頭們叫厨房裡做了這個來的襲人一面叫小丫頭放棹兒麝月打發寶玉喝了漱了口只見秋紋走來說

道那屋裡已經收拾妥了但等著一時炭勁過了二爺再進去罷寶玉點頭只是一腔心事懶怠說話一時小丫頭來請說筆硯都安放妥當了寶玉道知道了又一個小丫頭回道早飯得了二爺在那裡吃寶玉道就拿了來罷不必累贅了小丫頭答應了自去一時端上飯來寶玉笑了一笑向麝月襲人道我心裡悶得很自已吃只怕又吃不下去不如你們兩個同我一塊兒吃或者吃的香甜我也多吃些麝月笑道這是二爺的高興我們可不敢襲人道其實也使得我們一處喝酒也不止今日只是偶然替你解悶兒還使得若認真這樣還有什麽規矩體統呢說着三人坐下寶玉在上首襲人麝月兩個打横陪着吃

了飯小丫頭端上漱口茶來兩個看着徹了下去寶玉因端着茶默默如有所思又坐了一坐便問道那屋裡收拾妥了麼麝月道頭裡就回過了這會子又問寶玉略坐了一坐便過這間屋子來親自點了一炷香擺上些菓品便叫人出去關上門外面襲人等都靜悄無聲寶玉拿了一幅泥金角花的粉紅箋出來口中祝了幾句便提起筆來寫道怡紅主人焚付晴姐知之酌茗清香庶幾來饗其詞云

隨身伴獨自意綢繆誰料風波平地起頓教軀命即時休孰與話輕柔　東逝水無復向西流想像更無懷夢草添衣還見翠雲裘脉脉使人愁

寫畢就在香上點個火焚化了靜靜兒等着真待一炷香點盡了纔開門出來襲人道怎麽出來了想來又悶的慌了寶玉笑了一笑假說道我原是心裡煩纔找個清靜地方兒坐坐這會子好了還要外頭走走去呢說着一逕出來到了瀟湘館裡在院裡問道林妹妹在家裡呢麽紫鵑接應道是誰掀簾看時笑道原來是寶二爺姑娘在屋裡呢請二爺到屋裡坐著寶玉同着紫鵑走進來黛玉却在裡間呢說道紫鵑請二爺屋裡坐罷寶玉走到裡間門口看見新寫的一付紫墨色泥金雲龍箋的小對上寫著緑窗明月在青史古人空寶玉看見笑了一笑走入門去笑問道妹妹做什麽呢黛玉站起來迎了兩步笑着讓

道請坐我在這裡寫經只剩得兩行了等寫完了再說話兒因叫雪雁倒茶寶玉道你別動只管寫說着一面看見中間掛着一幅單條上面畫着一個嫦娥帶着一個侍者又一個女仙也有一個侍者捧着一個長長兒的衣囊似的二人身旁邊略有些雲護別無點綴全倣李龍眠白描筆意上有鬬寒圖三字用八分書寫着寶玉道妹妹這幅鬬寒圖可是新掛上的黛玉道可不是昨日他們收拾屋子我想起來拿出來叫他們掛上的寶玉道是什麼出處黛玉笑道眼前熟的狠的還要問人寶玉笑道我一時想不起妹妹告訴我罷黛玉道豈不聞青女素娥俱耐冷月中霜裡鬬嬋娟寶玉道是啊這個實在新奇雅致却

好此時拿出來掛說著又東瞧瞧西走走雪雁沏了茶來寶玉吃着又等了一會子黛玉經纔寫完站起來道簡慢了寶玉笑道妹妹還是這麽客氣但見黛玉身上穿着月白綉花小毛皮襖加上銀鼠坎肩頭上挽著隨常雲髻簪上一枝赤金匾簪別無花朵腰下繫着楊妃色繡花綿裙真比如

亭亭玉樹臨風立　冉冉香蓮帶露開

寶玉因問道妹妹這兩日彈琴來着沒有黛玉道兩日沒彈了因爲寫字可經覺得手冷那裏還去彈琴寶玉道不彈也罷了我想琴雖是清高之品却不是好東西從沒有彈琴裏彈出富貴壽考來的只有彈出憂思怨亂來的再者彈琴也得心裏記

講求不費心依我說妹妹身子又單弱不操這心也罷了黛玉抿着嘴兒笑寶玉指着壁上道這張琴可就是麽怎麽這麽短黛玉笑道這張琴不是短因我小時學撫的時候别的琴都够不着因此地特做起來的雖不是焦尾枯桐是鶴仙鳳尾還配得齊整龍池雁足高下還相宜你看這斷紋不是牛旄是的麽所以音韻也還清越寶玉道妹妹這幾天來做詩沒有黛玉道自結社以後沒大做寶玉笑道你別瞞我我聽見你吟的什麽不可惙素心如何天上月你擱在琴裏覺得音响分外的响亮有的沒的黛玉道你怎麽聽見了寶玉道我那一天從蓼風軒來聽見的又恐怕打斷你的清韻所以靜聽了一會就走了我

正要問你前路是平韻到末了兒忽轉了仄韻是個什麼意思黛玉道這是人心自然之音做到那裡就到那裡原沒有一定的寶玉道原來如此可惜我不知音枉聽了一會子黛玉道古來知音人能有幾個寶玉聽了又覺得出言冒失了又怕寒了黛玉的心坐了一坐心裡像有許多話却再無可講的黛玉因方纔的話也是衝口而出此時回想覺得太冷淡些也就無語寶玉越發打量黛玉設疑遂訕訕的站起來說道妹妹坐着罷我還要到三妹妹那裡瞧瞧去呢黛玉道你若見了三妹妹替我問候一聲罷寶玉答應着便出來了黛玉送至屋門口自己回來悶悶的坐着心裡想道寶玉近來說話半吐半吞忽冷忽

熱也不知他是什麼意思正想著紫鵑走來道姑娘經不寫了我把筆硯都收好了黛玉道不寫了收起去罷說着自已走到裡間屋裡床上歪着慢慢的細想紫鵑進來問道姑娘喝碗茶罷黛玉道不吃呢我畧歪歪罷你們自已去罷紫鵑答應着出來只見雪雁一個人在那裡發獃紫鵑走到他跟前問道你這會子也有了什麼心事了麼雪雁只顧發獃倒被他嚇了一跳因說道你別嚷今日我聽見了一句話我告訴你聽奇不奇你可別言語說着往屋裡努嘴兒因自已先行點着頭兒叫紫鵑同他出來到門外平臺底下悄悄兒的道姐姐你聽見了麼寶玉定了親了紫鵑聽見嚇了一跳說道這是那裡來的話只怕

不真龍雪雁道怎麽不真別人大槩都知道就只偺們没聽見紫鵑道你在那裡聽來的雪雁道我聽見侍書說的是個什麽知府家家資也好人才也好紫鵑正聽時只聽見黛玉咳嗽了一聲似乎起來的光景紫鵑恐怕他出來聽見便拉了雪雁摇摇手兒往裡望望不見動靜纔又悄悄兒的問道他到底怎麽說來着雪雁道前兒不是叫我到三姑娘那裡去道謝嗎三姑娘不在屋裡只有侍書在那裡大家坐著無意中說起寶二爺淘氣來他說寶二爺怎麽好只會頑兒全不像大人的樣子已經說親了還是這麽獃頭獃腦我問他定了没有他說是定了是個什麽王大爺做媒的那王大爺是東府裡的親戚所以也

不用打聽一說就成了紫鵑側着頭想了一想道這句話奇又問道怎麽家裏沒有人說起雪雁道侍書也說的是老太太的意思若不說起恐怕寳玉野了心所以都不提起侍書告訴了我又叮嚀千萬不可露風說出來知道是我多嘴把手往裏一指所以他面前也不提今日是你問起我不犯瞞你正說到這裏只聽鸚鵡叫喚學有說姑娘回來了快倒茶來倒把紫鵑雪雁嚇了一跳回頭並不見有人便罵了鸚鵡一聲走進屋內只見黛玉喘吁吁的剛坐在椅子上紫鵑搭赸着問茶問水黛玉問道你們兩個那裏去了再叫不出一個人來說着便走到炕邊將身子一歪仍舊倒在炕上往裏躺下叫把帳兒撩下紫鵑雪

雁答應出去他兩個心裡疑惑方纔的話只怕被他聽了去了只好大家不提誰知黛玉一腔心事又竊聽了紫鵑雪雁的話雖不很明白已聽得了七八分如同將身撂在大海裡一般思前想後竟應了前日夢中之讖千愁萬恨堆上心來左右打筭不如早些死了免得眼見了意外的事情那時反倒無趣又想到自己沒了爹娘的苦自今以後把身子一天一天的遭塌起來一年半載少不得身登清淨打定了主意被也不蓋衣也不添竟是合眼裝睡紫鵑和雪雁來伺候幾次不見動靜又不好叫喚晚飯都不吃點燈已後紫鵑掀開帳子見已睡着了被窩都蹬在脚後怕他着了凉輕輕兒拿來蓋上黛玉也不動單待

他出去仍然襬下那紫鵑只管問雪雁今兒的話到底是真的是假的雪雁道怎麼不真紫鵑道侍書怎麼知道的雪雁道是小紅那裡聽來的紫鵑道頭裡偺們說話只怕姑娘聽見了你看剛纔的神情大有原故今日以後偺們倒别提這件事了說着兩個人也收拾要睡紫鵑進來看時只見黛玉被窩又蹬下來復又給他輕輕蓋上一宿晚景不提次日黛玉清早起來也不叫人獨自一個呆呆的坐着紫鵑醒來看見黛玉已起便驚問道姑娘怎麼這樣早黛玉道可不是睡得早所以醒得早紫鵑連忙起來叫醒雪雁伺候梳洗那黛玉對着鏡子只管呆呆的自看看了一回那珠淚兒斷斷連連早已濕透了羅帕正是

瘦影正臨春水照　卿須憐我我憐卿

紫鵑在傍也不敢勸只怕倒把閒話勾引舊恨來遲了好一會黛玉纔隨便梳洗了那眼中淚漬終是不乾又自坐了一會叫紫鵑道你把藏香點上紫鵑道姑娘你睡也没睡得幾時如何點香不是要寫經黛玉點點頭兒紫鵑道姑娘今日醒得太早這會子又寫經只怕太勞神了罷黛玉道不怕早完了早好況且我也并不是為經倒借著寫字解解悶兒以後你們見了我的字蹟就算見了我的面兒了說著那淚直流下來紫鵑聽了這話不但不能再勸連自己也掌不住滴下淚來原來黛玉立定主意自此已後有意遭塌身子茶飯無心每日漸減下來寶

玉下學時也常抽空問候只是黛玉雖有萬千言語自知年紀已大又不便似小時可以柔情挑逗所以滿腔心事只是說不出來寶玉欲將實言安慰又恐黛玉生嗔反添病症兩個人見了面只得用浮言勸慰真真是親極反疏了那黛玉雖有賈母王夫人等憐恤不過請醫調治只說黛玉常病那裡知他的心病紫鵑等雖知其意也不敢說從此一天一天的減到半月之後腸胃日薄一日果然粥都不能吃了黛玉日間聽見的話都似寶玉娶親的話看見怡紅院中的人無論上下也像寶玉娶親的光景薛姨媽來看寶玉不見寶釵越發起疑心索性不要人來看望也不肯吃藥只要速死睡夢之中常聽見有人叫寶

二奶奶的一片疑心竟成蛇影一日竟是絶粒粥也不喝懨懨一息垂斃殆盡未知黛玉性命如何且看下回分解

紅樓夢第八十九回終

紅樓夢第九十回

失綿衣貧女耐嗷嘈　送菓品小郎驚叵測

却說黛玉自立意自戕之後漸漸不支一日竟至絕粒從前十幾天內賈母等輪流看望他有時還說幾句話這兩日索性不大言語心裏雖有時昏暈却也有時清楚賈母等見他這病不似無因而起也將紫鵑雪雁盤問過兩次兩個那裏敢說便是紫鵑欲向侍書打聽消息又怕越鬧越真黛玉更死得快了所以見了侍書毫不提起那雪雁是他傳話弄出這樣原故來此時恨不得長出百十個嘴來說我沒說自然更不敢提起到了這一天黛玉絕粒之日紫鵑料無指望了守着哭了會子因出

來偷向雪雁道你進屋裡來好好兒的守着他我去叫老太太太太和二奶奶去今日這個光景大非往常可比了雪雁答應紫鵑自去這裡雪雁正在屋裡伴着黛玉見他昏昏沉沉小孩子家那裡見過這個樣兒只打諒如此便是死的光景了心中又痛又怕恨不得紫鵑一時回來纔好正怕着只聽牕外脚步走响雪雁知是紫鵑回來纔放下心了連忙站起來掀着裡間簾子等他只見外面簾子响處進來了一個人却是侍書那侍書是探春打發來看黛玉的見雪雁在那裡掀着簾子便問道姑娘怎麼樣雪雁點點頭兒叫他進來侍書跟進來見紫鵑不在屋裡瞧了瞧黛玉只剩得殘喘微延唬的驚疑不止因問紫

鵑姐姐呢雪雁道告訴上屋裡去了那雪雁此時只打諒黛玉心中一無所知了又見紫鵑不在面前因悄悄的拉了侍書的手問道你前日告訴我說的什麽王大爺給這裡寶二爺說了親是眞話麽侍書道怎麽不眞雪雁道多早晚放定的侍書道那裡就放定了呢那一天我告訴你時是我聽見小紅說的後來我到二奶奶那邊去二奶奶正和平姐姐說呢道那都是門客們借着這個事討老爺的喜歡往後好拉攏的意思別說大太太說不好就是大太太願意說那姑娘好那大太太眼裡看的出什麽人來再者老太太心裡早有了人了就在偺們園子裡的大太太那裡摸的着底呢老太太不過因老爺的話不得

不問問罷咧又聽見二奶奶說寶玉的事老太太總是要親上作親的憑誰來說親橫豎不中用雪雁聽到這裡也忘了神了因說道這是怎麽說白白的送了我們這一位的命了侍書道這是從那裡說起雪雁道你還不知道呢前日都是我和紫鵑姐姐說來着這一位聽見了就弄到這步田地了侍書道你悄悄兒的說罷看仔細他聽見了雪雁道人事都不醒了瞧瞧罷左不過在這一兩天了正說着只見紫鵑掀簾進來說這還了得你們有什麽話還不出去說還在這裡說索性逼死他就完了侍書道我不信有這樣奇事紫鵑道好姐姐不是我說你又該惱了你懂得什麽呢懂得也不傳這些舌了這裡三個人正

說著只聽黛玉忽然又嗽了一聲紫鵑連忙跑到炕沿前站着侍書雪雁也都不言語了紫鵑彎著腰在黛玉身後輕輕問道姑娘喝口水罷黛玉微微答應了一聲雪雁連忙倒了半鍾滾白水紫鵑接了托着侍書也走近前來紫鵑和他搖頭兒不叫他說話侍書只得咽住了站了一回黛玉又嗽了一聲紫鵑趁勢問道姑娘喝水呀黛玉又微微應了一聲那頭似有欲抬之意那裡抬得起紫鵑爬上炕去爬在黛玉傍邊端着水試了冷熱送到唇邊扶了黛玉的頭就到碗邊喝了一口紫鵑纔要拿時黛玉意思還要喝一口紫鵑便托著那碗不動黛玉又喝了一口搖搖頭兒不喝了喘了一口氣仍舊躺下半日微微睜眼

說道剛纔說話不是侍書麼紫鵑答應道是侍書尚未出去因連忙過來問候黛玉睁眼看了點點頭兒又歎了一歎說道同去問你姑娘好罷侍書見這番光景只當黛玉嫌煩只得悄悄的退出去了原來那黛玉雖則病勢沉重心裡却還明白起先侍書雪雁說話時他也模糊聽見了一半句却只作不知也因實無精神答理及聽了雪雁侍書的話纔明白過前頭的事情原是議而未成的又兼侍書說是鳳姐說的老太太的主意親上作親又是園中住着的非自己而誰因此一想陰極陽生心神頓覺清爽許多所以纔喝了兩口水又要想問侍書的話恰好賈母王夫人李紈鳳姐聽見紫鵑之言都赶著來看黛玉心

中疑團已破自然不似先前尋死之意了雖身骨軟弱精神短少卻也勉强答應一兩句了鳳姐因叫過紫鵑問道姑娘也不至這樣這是怎麽說你這樣唬人紫鵑道實在頭裡看着不好纔敢去告訴的回來見姑娘竟好了許多也就怪了賈母笑道你也別信他他懂得什麽看見不好就言語這倒是他明白的地方小孩子家不嘴嬾脚嬾就好說了一回賈母等料著無妨也就去了正是

心病終須心藥治　解鈴還是繫鈴人

不言黛玉病漸減退且說雪雁紫鵑背地裡都念佛雪雁向紫鵑說道虧他好了只是病的奇怪好的也奇怪紫鵑道病的倒

不怪就只好的奇怪想來寶玉和姑娘必是姻緣人家說的好事多磨又說道是姻緣棒打不回這麽看起來人心天意他們兩個竟是天配的了再者你想那一年我說了林姑娘要回南去把寶玉沒急死了鬧得家翻宅亂如今一句話又把這一個弄的死去活來可不說的三生石上百年前結下的麽說着兩個悄悄的抿着嘴笑了一回雪雁又道幸虧好了咱們明兒再别說了就是寶玉娶了别的人家兒的姑娘我親見他在那裏結親我也再不露一句話了紫鵑笑道這就是了不但紫鵑和雪雁在私下裏講究就是衆人也都知道黛玉的病也病的奇怪好也好得奇怪三三兩兩唧唧噥噥議論着不多幾時連鳳

姐兒也知道了邢王二夫人也有些疑惑倒是賈母略猜着了八九那時正值邢王二夫人鳳姐等在賈母房中說閒話說起黛玉的病來賈母道我正要告訴你們寶玉和林丫頭是從小兒在一處的我只說小孩子們怕什麽以後時常聽得林丫頭忽然病忽然好都爲有了些知覺了所以我想他們若儘着擱在一塊兒畢竟不成體統你們怎麽說王夫人聽了便呆了一呆只得答應道林姑娘是個有心計兒的至于寶玉獃頭獃惱不避嫌疑是有的看起外面却還都是個小孩兒形像此時若忽然或把那一個分出園外不是倒露了什麽痕跡了麽古來說的男大須婚女大須嫁老太太想倒是趕著把他們的事辦

辦也罷了賈母皺了一皺眉說道林丫頭的乖僻雖也是他的好處我的心裡不把林丫頭配他也是爲這點子況且林丫頭這樣虛弱恐不是有壽的只有寶丫頭最妥王夫人道不但老太太這麼想我們也是這麼但林姑娘也得給他說了人家兒纔好不然女孩兒家長大了那個沒有心事倘或真與寶玉有些私心若知道寶玉定下寶丫頭那倒不成事了賈母道自然先給寶玉娶了親然後給林丫頭說人家再沒有先是外人後是自己的況且林丫頭年紀到底比寶玉小兩歲依你們這麼說倒是寶玉定親的話不許叫他知道倒能了鳳姐便吩咐衆丫頭們道你們聽見了寶二爺定親的話不許混吵嚷若有多

嘴的隄防着他的皮賈母又向鳳姐道鳳哥兒你如今自從身上不大好也不大管園裡的事了我告訴你須得經點兒心不但這個就像前年那些人喝酒耍錢都不是事你還精細些少不得多分點心兒嚴緊嚴緊他們纔好况且我看他們也就還服你些鳳姐答應了娘兒們又說了一回話方各自散了從此鳳姐常到園中照料一日剛走進大觀園到了紫菱洲畔只聽見一個老婆子在那裡嚷鳳姐走到跟前那婆子纔瞧見了早垂手侍立口裡請了安鳳姐道你在這裡鬧什麼婆子道蒙奶奶們派我在這裡看守花菓我也沒有差錯不料邢姑娘的丫頭說我們是賊鳳姐道爲什麼呢婆子道昨兒我們家的黑兒

跟著我到這裡頭了一回他不知道又往邢姑娘那邊去瞧了一瞧我就叫他回去了今兒早起聽見他們丫頭說丟了東西了我問他丟了什麽他就問起我來了鳳姐道問了你一聲也犯不着生氣呀婆子道這裡園子到底是奶奶家裡的並不是他們家裡的我們都是奶奶派的賊名兒怎麽敢認呢鳳姐照臉啐了一口厲聲道你少在我跟前撈撈叨叨的你在這裡照看姑娘丟了東西你們就該問哪怎麽說出這些没道理的話來把老林叫了來攆他出去丫頭們答應了只見邢岫烟趕忙出來迎着鳳姐陪笑道這使不得没有的事事情早過去了鳳姐道姑娘不是這個話倒不講事情這名分上太豈有此理了

岫烟見婆子跪在地下告饒便忙請鳳姐到裡邊去坐鳳姐道他們這種人我知道他除了我其餘都沒上沒下的了岫烟再三替他討饒只說自已的丫頭不好鳳姐道我看着邢姑娘的分上饒你這一次婆子纔起來磕了頭又給岫烟磕了頭纔出去了這裡二人讓了坐鳳姐笑問道你丟了什麼東西了岫烟笑道沒有什麼要緊的是一件紅小襖兒已經舊了的我原叫他們找找不着就罷了這小丫頭不懂事問了那婆子一聲那婆子自然不依了這都是小丫頭糊塗不懂事我也罵了幾句已經過去了不必再提了鳳姐把岫烟內外一瞧看見雖有些皮綿衣裳已是半新不舊的未必能暖和他的被窩多半是薄

的至于房中棹上擺設的東西就是老太太拿來的却一些不動收拾的乾乾凈凈鳳姐心上便狠愛敬他說道一件衣裳原不要緊這時候冷又是貼身的怎麽就不問一聲兒呢這撒野的奴才了不得了說了一囘姐姐出來各處去坐了一坐就囘去了到了自巳房中叫平兒取了一件大紅洋縐的小襖兒一件松花色綾子一抖珠兒的小皮襖一條寶藍盤錦鑲花綿裙一件佛靑銀鼠褂子包好叫人送去那時岫烟被那老婆子聒噪了一場雖有鳳姐來壓住心上終是不定想起許多姐妹們在這裡沒有一個下人敢得罪他們的獨自我這裡他們言三語四剛剛鳳姐來碰見想來想去終是沒意思又說不出來正在

吞聲飲泣看見鳳姐那邊的豐兒送衣裳過來岫烟一看決不肯受豐兒道奶奶吩咐我說姑娘要嫌是舊衣裳將來送新的來岫烟笑謝道承奶奶的好意只是因我丟了衣裳他就拿來我斷不敢受的拿回去千萬謝你們奶奶承你奶奶的情我算領了倒拿個荷包給了豐兒那豐兒只得拿了去了不多時又見平兒同着豐兒過來岫烟忙迎着問了好讓了坐平兒笑說道我們奶奶說姑娘特外道的了不得岫烟道不是外道實在不過意平兒道奶奶說姑娘要不收這衣裳不是嫌太舊就是瞧不起我們奶奶剛纔說了我要拿回去奶奶不依我呢岫烟紅着臉笑謝道這樣說了叫我不敢不收又讓了一回茶平兒

和豐兒回去將到鳳姐那邊碰見薛家差來的一個老婆子接著問好平兒便問道你那裡去的婆子道那邊太太姑娘叫我來請各位太太奶奶姑娘們的安我纔剛在奶奶前問起姑娘來說姑娘到園中去了可是從那姑娘那裡來麼平兒道你怎麼知道婆子道方纔聽見說真真的二奶奶和姑娘們的行事叫人感念平兒笑了一道說你回來坐着罷婆子道我還有事改日再過來瞧姑娘罷說着走了平兒回來回復了鳳姐不在話下且說薛姨媽家中被金桂攪得翻江倒海看見婆子回來說起岫烟的事寶釵母女二人不免滴下淚來寶釵道都爲哥哥不在家所以叫那姑娘多吃幾天苦如今還虧鳳姐姐不錯

偺們底下也得留心到底是偺們家裡人說着只見薛蝌進來說道大哥哥這幾年在外頭相與的都是些什麽人連一個正經的也沒有來一起子都是些狐羣狗黨我看他們那裡是不放心不過將來探探消息兒罷咧這兩天都被我乾出去了以後吩咐了門上不許傳進這種人來薛姨媽道又是蔣玉函那些人哪薛蝌道蔣玉函却倒沒來倒是別人薛姨媽聽了薛蝌的話不覺又傷起心來說道我雖有兒如今就像沒有的了就是上司准了也是個廢人你雖是我姪兒我看你還比你哥哥明白些我這後輩子全靠你了你自己從今更要學好再者你聘下的媳婦兒家道不比往時了人家的女孩兒出門子不是

容易再没别的想頭只盼着女婿能幹他就有日子過了若那丫頭也像這倆東西說著把手往裡頭一指道我也不說了那丫頭實在是個有廉耻有心計兒的又守得貧耐得富只是等偺們的事過去了早些兒把你們的正經事完結了也了我一宗心事薛蝌道琴妹妹還没有出門子這倒是太太煩心的一件事至於這個可筭什麼呢大家又說了一回閒話薛蝌回到自已屋裡吃了晚飯想起邢岫煙住在賈府園中終是寄人籬下況且又窮日用起居不想可知況兼當初一路同來模樣兒性格兒都知道的可知天意不均如夏金桂這種人偏叫他有錢嬌養得這般潑辣邢岫烟這種人偏叫他這樣受苦閻王判

命的時候不知如何判法的想到悶來也想吟詩一首寫出來出出胸中的悶氣又苦自已沒有工夫只得混寫道

蛟龍失水似枯魚　兩地情懷感索居

同在泥塗多受苦　不知何日向清虛

寫畢看了一回意欲拿來粘在壁上又不好意思自已沉吟道不要被人看見笑話又念了一遍道管他呢左右粘上自已看著解悶兒罷又看了一回到底不好拿來夾在書裡又想自已年紀可也不小了家中又碰見這樣飛灾橫禍不知何日了局致使幽閨弱質弄得這般凄凉寂寞正在那裡想時只見寶蟾推進門來拿着一個盒子笑嘻嘻放在桌上薛蝌站起來讓坐

寶蟾笑着向薛蝌道這是四碟菓子一小壺兒酒大奶奶叫給二爺送來的薛蝌陪笑道大奶奶費心但是叫小丫頭們送來就完了怎麽又勞動姐姐呢寶蟾道好說自家人二爺何必說這些套話再這我們大爺這件事道寔叫二爺操心大奶奶久已要親自弄點什麽兒謝二爺又怕別人多心二爺是知道的偺們家裡都是言合意不合送點子東西沒要緊倒沒的惹人七嘴八舌的講究所以今兒些微的弄了一兩樣菓子一壺酒叫我親自悄悄兒的送來說着又笑瞅了薛蝌一眼道明兒二爺再別說這些話叫人聽着怪不好意思的我們不過也是底下的人伏侍的著大爺就伏侍的着二爺這有何妨呢薛蝌一

則秉性忠原二則到底年輕只是向來不見金桂和寶蟾如此相待心中想到剛纔寶蟾說爲薛蟠之事也是情理因說道菓子留下罷這個酒兒姐姐只管拿回去我向來的酒上寔在狠有限擠住了偶然喝一鍾平白無事是不能喝的難道大奶奶和姐姐還不知道麽寶蟾道别的我作得主獨這一件事我可不敢應大奶奶的脾氣兒二爺是知道的我拿回去不說二爺不喝倒要說我不盡心了薛蝌沒法只得留下寶蟾方纔要走又到門口往外看看回過頭來向着寶蟾一笑又用手指着裡面說道他還只怕要來親自給你道乏呢薛蝌不知何意反倒訕訕的起來因說道姐姐替我謝大奶奶罷天氣寒看涼着再

者自已叔嫂也不必拘這些個禮賓蟾也不答言笑著走了薛蝌始而以爲金桂爲薛蝌之事或者真是不過意備此酒菓給自已道乏也是有的及見了寶蟾這種鬼鬼祟祟不尷不尬的光景也覺有幾分却自已留心一想他到底是嫂子的名分那裡就有別的講究了呢或者寶蟾不老成自已不好意思怎麽著却指着金桂的名兒也未可知然而到底是哥哥的屋裡人也不好忽又一轉念那金桂素性爲人毫無閨閣理法況且有時高興打扮的妖調非常自以爲美又怎麽不是懷着壞心呢不然就是他和琴妹妹也有了什麽不對的地方兒所以設下這個毒法兒要把我拉在渾水裡弄一個不清不白的名兒也

未可知想到這裡索性倒怕起來了正在不得主意的時候忽聽窻外噗哧的笑了一聲把薛蝌倒嚇了一跳未知是誰下囘分解

紅樓夢第九十回終

紅樓夢第九十一回

縱淫心寶蟾工設計　布疑陣寶玉妄談禪

話說薛蝌正在狐疑忽聽窗外一笑唬了一跳心中想道不是寶蟾定是金桂只不理他們看他們有什麽法兒聽了半日却又寂然無聲自已也不敢吃那酒菓掩上房門剛要脫衣時只聽見窗紙上微微一响薛蝌此時被寶蟾鬼混了一陣心中七上八下竟不知如何是好聽見窗紙微响細看時又無動靜自已反倒疑心起來掩了懷坐在燈前呆呆的細想又把那菓子拿了一塊翻來覆去的細看猛回頭看見窗上的紙濕了一塊走過來覷着眼看時冷不防外面往裏一吹把薛蝌唬了一大

跳聽得吱吱的笑聲薛蝌連忙把燈吹滅了屏息而卧只聽外面一個人說道二爺爲什麼不喝酒吃菓子就睡了這句話仍是寳蟾的話音薛蝌只不作聲粧睡又隔了兩句話時聽得外面似有恨聲道天下那裡有這様没造化的人薛蝌聽了似是寳蟾又似是金桂的語音這纔知道他們原來是這一番意思翻來覆去直到五更後纔睡着了剛到天明早有人來扣門薛蝌忙問是誰外面也不答應薛蝌只得起來開了門看時却是寳蟾攏着頭髮掩着懷穿了件片金邊琵琶襟小緊身上面繫一條松花緑半新的汗巾下面並無穿裙正露着石榴紅灑花夾褲一雙新綉紅鞋原來寳蟾尚未梳洗恐怕人見趕早來取

傢伙薛蝌見他這樣打扮便走進來心中又是一動只得陪笑問道怎麽這麽早就起來了寶蟾把臉紅着並不答言只管把菓子折在一個碟子裡端着就走薛蝌見他這般知是昨晚的原故心裡想道這也罷了倒是他們惱了索性死了心也省了來纏於是把心放下叫人舀水洗臉自己打算在家裡靜坐兩天一則養養神二則出去怕人找他原來和薛蟠好的那些人因見薛家無人只有薛蝌辦事年紀又輕便生出許多覬覦之心也有想插在裡頭做跑腿兒的也有能做狀子認得一兩個書辦要給他上下打點的甚至有叫他在内趲錢的也有造作謠言恐嚇的種種不一薛蝌見了這些人遠遠的躲避又不敢

面辭恐怕激出意外之變只好藏在家中聽候轉詳不提且說金桂昨夜打發寶蟾送了些酒菓去探探薛蝌的消息寶蟾回來將薛蝌的光景一一的說了金桂見事有些不大投機便怕白鬧一場反被寶蟾瞧不起要把兩三句話遮飾改過口來又撂不開這個人心裡倒沒了主意只是怔怔的坐著那知寶蟾也想薛蟠難以回家正要尋個路頭兒因怕金桂拿他所以不敢透漏今見金桂所爲先已開了端了他便樂得借風使船先弄薛蝌到手不怕金桂不依所以用言挑撥見薛蝌似非無情又不甚兜攬一時也不敢造次後來見薛蝌吹燈自睡大覺掃興回來告訴金桂看金桂有甚方法再作道理及見金桂怔

怔的似乎無技可施他也只得陪金桂收拾睡了夜裡那裡睡的著翻來覆去想出一個法子來不如明兒一早起來先去取了傢伙却自已換上一兩件顏色嬌嫩的衣服也不梳洗越顯出一番慵粧媚態來只看薛蝌的神情自已反倒粧出惱意索性不理他那薛蝌若有悔心自然移船就岸不愁不先到手是這個主意及至見了薛蝌仍是昨晚光景並無邪僻自已只得以假爲真端了碟子回來却故意留下酒壺以爲再來搭轉之地只見金桂問道你拿東西去有人碰見麼寶蟾道沒有金桂道二爺也沒問你什麼寶蟾道也沒有金桂因一夜不曾睡也想不出個法子來只得回道若作此事別人可瞞寶蟾如何能

瞞不如分惠于他他自然沒的說了况我又不能自去少不得要他作脚索性和他商量個穩便主意因帶笑說道你看二爺到底是怎麽樣的個人寶蟾道倒像是個糊塗人金桂聽了笑道你怎麽糟塌起爺們來了寶蟾也笑道他辜負奶奶的心我就說得他金桂道他怎麽辜負我的心你倒得說說寶蟾道奶奶給他好東西吃他倒不吃這不是辜負奶奶的心麽說着把眼溜着金桂一笑金桂道你别胡想我給他送東西爲大爺的事不辭勞苦我所以敬他又怕人說瞎話所以問你你這些話和我說我不懂是什麽意思寶蟾笑道奶奶别多心我是跟奶奶的還有兩個心麽但是事情要密些倘或聲張起來不是頑

的金桂也覺得臉飛紅了因說道你這個丫頭就不是個好貨想來你心裡看上了却拿我作筏子是不是呢寶蟾道只是奶奶那麽想罷咧我倒是替奶奶難受奶奶要真瞧二爺好我倒有個主意奶奶想那個耗子不偷油呢他也不過怕事情不密大家鬧出亂子來不好看依我想奶奶且别性急時常在他身上不周不備的去處張羅張羅他是個小叔子又没娶媳婦兒奶奶就多盡點心兒和他貼個好兒别人也說不出什麽來過幾天他感奶奶的情他自然要謝候奶奶那時奶奶再備點東西兒在偺們屋裡我帮著奶奶灌醉了他還怕他跑了嗎他要不應偺們索性鬧起來就說他調戲奶奶他害怕自然得順著

偺們的手兒他再不應他也不是人偺們也不至白丟了臉奶奶想怎麼樣金桂聽了這話兩顴早已紅暈了笑罵道小蹄子你倒像偷過多少漢子是的怪不得大爺在家時離不開你寶蟾把嘴一撇笑說道罷喲人家倒替奶奶拉縴奶奶倒和我們說這個話咧從此金桂一心籠絡薛蝌倒無心混鬧了家中也少覺安靜當日寶蟾自去取了酒壺仍是穩穩重重一臉的正氣薛蝌偷眼看了反倒後悔疑心或者是自已錯想了他們也未可知果然如此倒辜負了他這一番美意保不住日後倒要和自已也鬧起來豈非自惹的呢過了兩天甚覺安靜薛蝌遇見寶蟾寶蟾便低頭走了連眼皮兒也不抬遇見金桂金桂却

一盆火兒的赶著薛蝌見這般光景反倒過意不去這且不表且說寶釵母女覺得金桂幾天安靜待人忽然親熱起來一家子都爲罕事薛姨媽十分歡喜想到必是薛蟠娶這媳婦時沖犯了什麽纔敗壞了這幾年目今鬧出這樣事來虧得家裡有錢賈府出力方纔有了指望媳婦忽然安靜起來或者是蟠兒轉過運氣來也未可知於是自已心裡倒以爲希有之奇這日飯後扶了同貴過來到金桂房裡瞧瞧走到院中只聽一個男人和金桂說話同貴知機便說道大奶奶老太太過來了說著已到門口只見一個人影兒在房門後一躲薛姨媽一嚇倒退了出來金桂道太太請裡頭坐没有外人他就是我的過繼兄

弟本住在屯裡不慣見人因沒有見過太太今兒纔來還沒去請太太的安薛姨媽道既是舅爺不妨見見金桂叫兄弟出來見了薛姨媽作了個揖問了好薛姨媽也問了好坐下叙起話來薛姨媽道舅爺上京幾時了那夏三道前月我媽沒有人管家把我過繼來的前日纔進京今日來瞧姐姐薛姨媽看那人不尷尬於是略坐坐兒便起身道舅爺坐着罷回頭向金桂道舅爺頭上末下的來留在偺們這裡吃了飯再去罷金桂答應著薛姨媽自去了金桂見婆婆去了便向夏三道你坐着罷今日可是過了明路的了省了我們二爺查考我今日還要叫你買些東西只別叫別人看見夏三道這個交給我就完了你要

什麼只要有錢我就買的了來金桂道且別說嘴等你買上了當我可不收說着二人又嘲謔了一回然後金桂陪着夏三吃了晚飯又告訴他買的東西又囑咐一回夏三自去從此夏三往來不絕雖有個年老的門上人知是舅爺也不常回從此生出無限風波來這是後話不表一日薛蟠有信寄回薛姨媽打開叫寶釵看時上寫男在縣裡也不受苦母親放心但昨日縣裡書辦說府裡已經准詳想是我們的情到了豈知府裡詳上去道裡反駁下來了虧得縣裡主文相公好即刻做了回文頂上去了那道裡却把知縣申飭現在道裡要親提若一上去又要吃苦必是道裡沒有托到母親見字快快托人求道爺去還

叫兄弟快来不然就要解道銀子短不得火速火速薛姨媽聽了又哭了一場寶釵和薛蝌一面勸慰一面說道事不宜遲薛姨媽沒法只得叫薛蝌到那裡去照料命人即忙收拾行李兌了銀子同着當鋪中一個夥計連夜起程那時手忙脚亂雖有下人辦理寶釵怕他們思想不到親来帮著收拾直鬧至四更纔歇到底富家女子嬌養慣了的心上又急又勞苦了一夜到了次日就發起燒来湯水都吃不下去鶯兒忙回了薛姨媽薛姨媽急來看時只見寶釵滿面通紅身如燔灼話都不說薛姨媽慌了手脚便哭得死去活來寶琴扶著勸解秋菱見了也淚如泉湧只管在傍哭叫寶釵不能說話連手也不能搖動眼乾

鼻塞叫人請醫調治漸漸蘇醒回來薛姨媽等大家略略放心早驚動榮寧兩府的人先是鳳姐打發人送十香返魂丹來隨後王夫人又送至寶丹來賈母邢王二夫人以及尤氏等都打發丫頭來問候却都不叫寶玉知道一連治了七八天終不見效還是他自己想起冷香丸吃了三丸纔得病好後來寶玉也知道了因病好了没有瞧去那時薛蝌又有信回來薛姨媽看了怕寶釵躭憂也不叫他知道自己來求王夫人并述了一會子寶釵的病薛姨媽去後王夫人又求賈政賈政道此事上頭可托底下難托必須打點纔好王夫人又提起寶釵的事來因說道這孩子也苦了既是我家的人了也該早些娶了過來纔

是別叫他蹧蹋壞了身子賈政道我也是這麽想但是他家忙亂況且如今到了冬底已經年近歲逼無不各自要料理些家務今冬且放了定明春再過禮過了老太太的生日就定日子娶你把這番話先告訴薛姨太太王夫人答應了到了次日王夫人將賈政的話向薛姨媽說了薛姨媽想着也是到了飯後王夫人陪着來到賈母房中大家讓了坐賈母道姨太太纔過來薛姨媽道還是昨兒過來的因爲晚了没得過來給老太太請安王夫人便把賈政昨夜所說的話向賈母述了一遍賈母甚喜說着寶玉進來了賈母便問道吃了飯了没有寶玉道纔打學房裡回來吃了要往學房裡去先見見老太太又聽見說

姨媽來了過來給姨媽請請安因問寶姐姐大好了薛姨媽笑道好了原來方纔大家正說着見寶玉進來都掩住了寶玉坐了坐見薛姨媽神情不似從前親熱雖是此刻没有心情也不犯大家都不言語滿腹猜疑自往學中去了晚上回來都見過了便往瀟湘館來掀簾進去紫鵑接着見裡間屋內無人寶玉道姑娘那裡去了紫鵑道上屋裡去了聽見說姨太太過來姑娘請安去了二爺没有到上屋裡去麽寶玉道我去了來的没有見你們姑娘紫鵑道没在那裡嗎寶玉道没有到底那裡去了紫鵑道這就不定了寶玉剛要出來只見黛玉帶着雪雁冉冉而來寶玉道妹妹回來了縮身退步仍跟黛玉回來黛玉

進來走入裡間屋內便請寶玉裡頭坐紫鵑拿了一件外罩換上然後坐下問道你上去看見姨媽了沒有寶玉道見過了黛玉道姨媽說起我來沒有寶玉道不但沒說你連見了我也不像先時親熱我問起寶姐姐的病來他不過笑了一笑並不答言難道怪我這兩天沒去瞧他麼黛玉笑了一笑道你去瞧過沒有寶玉道頭幾天不知道這兩天知道了也沒去黛玉道可不是呢寶玉道當真的老太太不叫我去太太也不叫去老爺又不叫去我如何敢去要像從前這小門兒通的時候兒我一天瞧他十輪也不難如今把門堵了要打前頭過去自然不便了黛玉道他那裡知道這個原故寶玉道寶姐姐為人是最體

諒我的黛玉道你不要自已打錯了主意若論寶姐姐更不體
諒又不是姨媽病是寶姐姐病向來在園中做詩賞花飲酒何
等熱鬧如今隔開了你看見他家裡有事了他病到那步田地
你像沒事人一般他怎麼不惱呢寶玉道這樣難道寶姐姐便
不和我好了不成黛玉道他和你好不好我却不知我也不過
是照理而論寶玉聽了瞪着眼呆了半晌黛玉看見寶玉這樣
光景也不採他只是自已叫人添了香又翻出書來看了一會
只見寶玉把眉一皺把脚一跺道我想這個人生他做什麼天
地間沒有了我倒也乾淨黛玉道原是有了我便有了人有了
人便有無數的煩惱生出來恐怖顛倒夢想更有許多纏碍纔

剛我說的都是頑話你不過是看見姨媽沒精打彩如何便疑到寶姐姐身上去姨媽過来原爲他的官司事情心緒不寧那裡還来應酬你都是你自已心上胡思亂想鑽入魔道裡去了寶玉豁然開朗笑道狠是狠是你的性靈比我竟強遠了怨不得前年我生氣的時候你和我說過幾句禪話我寔在對不上來我雖丈六金身還藉你一莖所化黛玉乘此机會說道我便問你一句話你如何回答寶玉盤着腿合着手閉着眼撅著嘴道講來黛玉道寶姐姐和你好你怎麽樣寶姐姐不和你好你怎麽樣寶姐姐前兒和你好如今不和你好你怎麽樣今兒和你好後來不和你好你怎麽樣你和他好他偏不和你好你怎

麽樣你不和他好他偏要和你好你怎麽樣寶玉呆了半晌忽然大笑道任憑弱水三千我只取一瓢飲黛玉道瓢之漂水奈何寶玉道非瓢漂水水自流瓢自漂耳黛玉道水止珠沉奈何寶玉道禪心已作沾泥絮莫向春風舞鷓鴣黛玉道禪門第一戒是不打誑語的寶玉道有如三寶黛玉低頭不語只聽見簷外老鴉呱呱的叫了幾聲便飛向東南上去寶玉不知主何吉兇黛玉道人有吉凶事不在鳥音中忽見秋紋走來說道請二爺回去老爺叫人到園裏來問過說二爺打學裏回來了沒有襲人姐姐只說已經回來了快去罷唬的寶玉站起身來往外忙走黛玉也不敢相留未知何事下回分解

紅樓夢第九十一回終

紅樓夢第九十二回

評女傳巧姐慕賢良　玩母珠賈政叅聚散

說話寶玉從瀟湘館出来連忙問秋紋道老爺叫我作什麼秋紋笑道没有叫襲人姐姐叫我請二爺我怕你不來纔哄你的寶玉聽了纔把心放下因說你們請我也罷了何苦来唬我說着回到怡紅院內襲人便問道你這好半天到那裡去了寶玉道在林姑娘那邊說起姨媽家寶姐姐的事來就坐住了襲人又問道說些什麼寶玉將打禪語的話述了一遍襲人道你們再没個計較正經說些家常閒話兒或講究些詩句也是好的怎麼又說到禪語上了又不是和尚寶玉道你不知道我們有

我們的禪機別人是插不下嘴去的襲人笑道你們參禪參翻了又叫我們跟著打悶葫蘆了寶玉道頭裡我也年紀小他也孩子氣所以我說了不留神的話他就惱了如今我也留神他也沒有惱的了只是他近來不常過來我又念書偶然到一處好像生踈了是的襲人道原該這麼著纔是都長了幾歲年紀了怎麼好意思還像小孩子時候的樣子寶玉點頭道我也知道如今且不用說那個我問你老太太那裡打發人來說什麼來着沒有襲人道沒有說什麼寶玉道必是老太太忘了明兒不是十一月初一日麼年年老太太那裡必是個老規矩要辦消寒會齊打夥兒坐下喝酒說笑我今日已經在學房裡告了

假了這會子沒有信兒明兒可是去不去呢若去了呢白白的告了假若不去老爺知道了又說我偷懶襲人道據我說你竟是去的是纔念的好些兒了又想歇著我勸你也該上點緊兒了昨兒聽見太太說蘭哥兒念書真好他打學房裡回來還各自念書作文章天天晚上弄到四更多天纔睡你比他大多了又是叔叔倘或趕不上他又叫老太太生氣倒不如明兒早起去罷麝月道這麼冷天已經告了假又去叫學房裡說既這麼着就不該告假呀顯見的是告謊假脫滑兒依我說樂得歇一天就是老太太忘記了咱們這裡就不消寒了麽咱們也鬧個會兒不好麽襲人道都是你起頭兒二爺更不肯去了麝月道

我也是樂一天是一天比不得你要好名兒使喚一個月再多得二兩銀子襲人啐道小蹄子兒人家說正經話你又來胡拉混扯的了麝月道我倒不是混拉扯我是爲你襲人道爲我什麽麝月道二爺上學去了你又該咕嘟著嘴想着巴不得二爺早些兒回來就有說有笑的了這會子又假撇清何苦呢我都看見了襲人正要駡他只見老太太那裡打發人來說道老太太說了叫二爺明兒不用上學去呢明兒請了姨太太來給他解悶只怕姑娘們都來家裡的史姑娘邢姑娘李姑娘們都請了明兒來赴什麽消寒會呢寶玉没有聽完便喜歡道可不是老太太最高興的明日不上學是過了明路的了襲人也不便

言語了那丫頭同去寶玉認真念了幾天書巴不得頑這一天又聽見薛姨媽過來想着寶姐姐自然也來心裡喜歡便說快睡罷明日早些起來于是一夜無話到了次日果然一早到老太太那裡請了安又到賈政王夫人那裡請了安回明了老太太今兒不叫上學賈政也沒言語便慢慢退出來走了幾步便一溜烟跑到賈母房中見衆人都沒來只有鳳姐那邊的奶媽子帶了巧姐兒跟着幾個小丫頭過來給老太太請了安說我媽媽先叫我來請安陪着老太太說說話兒媽媽回來就來賈母笑着道好孩子我一早就起來了等他們總不來只有你二叔叔來了那奶媽子便說姑娘給叔叔請安巧姐便請了安寶

玉也問了一聲妞妞好巧姐道昨夜聽見我媽媽說要請二叔叔去說話寶玉道說什麼巧姐道我媽媽說跟着李媽認了幾年字不知道我認得不認得我說都認得我認給媽媽瞧媽媽說我瞎認不信說我一天儘子頑那裡認得我瞧着那些字也不要緊就是那女孝經也是容易念的媽媽說我哄他要請二叔叔得空兒的時候給我理理賈母聽了笑道好孩子你媽媽是不認得字的所以說你哄他明兒叫你二叔叔理給他瞧瞧他就信了寶玉道你認了多少字了巧姐兒道認了三千多字念了一本女孝經半個月頭裡又上了列女傳寶玉道你念了懂的嗎你要不懂我倒是講講這個你聽罷賈母道做叔叔的

也該講給姪女兒聽聽寶玉便道那文王后妃不必說了那姜后脫簪待罪和齊國的無鹽安邦定國是后妃裏頭的賢能的巧姐聽了答應個是寶玉又道若說有才的是曹大姑班婕妤蔡文姬謝道韞諸人巧姐問道那賢德的呢寶玉道孟光的荆釵布裙鮑宣妻的提甕出汲陶侃的母截髮留賓這些不厭貧的就是賢德了巧姐欣然點頭寶玉道還有苦的像那樂昌破鏡蘇蕙迴文那孝的木蘭代父從軍曹娥投水尋屍等類也難盡說巧姐聽到這些却默默如有所思寶玉又講那曹氏的引刀割鼻及那些守節的巧姐聽着更覺肅敬起來寶玉恐他不自在又說那些艷的如王嬙西子樊素小蠻絳仙文君紅拂都

是女中的尚未說出賈母見巧姐默然便說罷了不用說了講的太多他那裡記得巧姐道二叔叔纔說的也有念過的也有沒念過的念過的一講我更知道好處了寶玉道那字是自然認得的不用再理了巧姐道我還聽見我媽媽說我們家的小紅頭裡是二叔叔那裡的我媽媽要了來還沒有補上人呢我媽媽想着要把什麼柳家的五兒補上不知二叔叔要不要寶玉聽了更喜歡笑着道你聽你媽媽的話要補誰就補誰罷咧又問什麼要不要呢因又向賈母笑道我瞧大妞妞這個小模樣兒又有這個聰明兒只怕將來比鳳姐姐還強呢又比他認的字賈母道女孩兒家認得字也好只是女工針黹倒是要緊

的巧姐兒道我也跟着劉媽媽學着做呢什麼扎花兒咧拉鎖子咧我雖弄不好却也學着會做幾針兒賈母道咱們這樣人家固然不仗着自己做但只到底知道些日後纔不受人家的拿捏巧姐答應着是還要寶玉解說列女傳見寶玉呆呆的也不好再問你道寶玉呆的是什麼只因柳五兒要進怡紅院頭一次是他病了不能進來第二次王夫人攆了晴雯大凡有些姿色的都不敢挑後來又在吳貴家看晴雯去五兒跟着他媽給晴雯送東西去見了一面更覺嬌娜嫵媚今日虧得鳳姐想着叫他補入小紅的窩兒竟是喜出望外了所以呆呆的獃想賈母等著那些人見這時候還不來又叫丫頭去請回來李紈

同着他妹子探春惜春史湘雲黛玉都來了大家請了賈母的安衆人厮見獨有薛姨媽未到賈母又叫請去果然薛姨媽帶著寶琴過來寶玉請了安問了好只不見寶釵邢岫烟二人黛玉便問起寶姐姐爲何不來薛姨媽假說身上不好邢岫烟知道薛姨媽在坐所以不來寶玉雖見寶釵不來心中納悶因黛玉來了便把想寶釵的心暫且擱開不多時邢王二夫人也來了鳳姐聽見婆婆們先到了自巳不好落後只得打發平兒先來告假說是正要過來因身上發熱過一回兒就來賈母道既是身上不好不來也罷偺們這時候狠該吃飯了丫頭們把火盆往後挪了一挪就在賈母榻前一溜擺下兩桌大家序次坐

下吃了飯依舊圍爐閒談不須多贅且說鳳姐因何不來頭裡爲著倒比邢王二夫人遲了不好意思後來旺兒家的來回說迎姑娘那裡打發人來請奶奶安還說並沒有到上頭只到奶奶這裡來鳳姐聽了納悶不知又是什麼事便叫那人進來問姑娘在家好那人道有什麼好的奴才並不是姑娘打發來的寔在是司棋的母親央我來求奶奶的鳳姐道司棋已經出去了爲什麼来求我那人道自從司棋出去終日啼哭忽然那一日他表兄來了他母親見了恨的什麼兒是的說他害了司棋一把拉住要打那小子不敢言語誰知司棋聽見了急忙出來老着臉和他母親說我是爲他出来的我也恨他沒良心如今

他來了媽要打他不如勒死了我罷他媽罵他不害臊的東西你心裡要怎麼樣司棋說道一個女人嫁一個男人我一時失脚上了他的當我就是他的人了决不肯再跟着别人的我只恨他爲什麼這麼膽小一身作事一身當爲什麼逃了呢就是他一輩子不來我也一輩子不嫁人的媽要給我配人我原拚着一死今兒他來了媽問他怎麼樣要是他不改心我在媽跟前磕了頭只當是我死了他到那裡我跟到那裡就是討飯吃也是愿意的他媽氣的了不得便哭著罵着說你是我的女兒我偏不給他你敢怎麼着那知道司棋這東西糊塗便一頭撞在墻上把腦袋撞破鮮血流出竟碰死了他媽哭着救不過來

便要叫那小子償命他表兄也奇說道你們不用着急我在外頭原發了財因想着他纔回來的心也算是真了你們要不信只管瞧說着打懷裡掏出一匣子金珠首飾來他媽媽看見了心軟了說你旣有心爲什麽總不言語他外甥道大凡女人都是水性楊花我要說有錢他就是貪圖銀錢了如今他只爲人就是難得的我把首飾給你們我去買棺盛殮他那司棋的母親接了東西也不顧女孩兒了由着外甥去那裡知道他外甥叫人擡了兩口棺材來司棋的母親看見詫異說怎麽棺材要兩口他外甥笑道一口裝不下得兩口纔好司棋的母親見他外甥又不哭只當是他心疼的傻了豈知他忙着把司棋收拾

了也不啼哭眼錯不見把帶的小刀子往脖子裡一抹也就抹死了司棋的母親懊悔起來倒哭的了不得如今坊裡知道了要報官他急了央我來求奶奶說個人情他再過來給奶奶磕頭鳳姐聽了詫異道那有這樣傻丫頭偏偏的就碰見這個傻小子怪不得那一天翻出那些東西來他心裡沒事人是的敢只是這麼個烈性孩子論起來我也沒這麼大工夫管他這些閒事但只你纔說的叫人聽着怪可憐見兒的也罷了你回去告訴他我和你二爺說打發旺兒給他撕擄就是了鳳姐打發那人去了纔過賈母這邊來不題且說賈政這日正與詹光下大碁通局的輸贏也差不多單爲着一隻角兒死活未分在那

裡打結門上的小廝進來回道外面馮大爺要見老爺賈政道請進來小廝出去請了馮紫英走進門來賈政即忙迎着馮紫英進來在書房中坐下見是下碁便道只管下碁我來觀局詹光笑道晚生的碁是不堪瞧的馮紫英道好說請下罷賈政道有什麽事麽馮紫英道沒有什麽話老伯只管下碁我也學幾着兒賈政向詹光道馮大爺是我們相好的既沒事我們索性下完了這一局再說話兒馮大爺在旁邊瞧着馮紫英道下采不下采詹光道下采的馮紫英道下采的是不好多嘴的賈政道多嘴也不妨横豎他輸了十來銀兩子終久是不拿出來的往後只好罰他做東便了詹光笑道這倒使得馮紫英道老伯

和詹公對下麼賈政笑道從前對下他輸了如今讓他兩個子兒他又輸了時常還要悔幾著不叫他悔他就急了詹光也笑道沒有的事賈政道你試試瞧大家一面說笑一面下完了做起棊來詹光還了棊頭輸了七個子兒馮紫英道這盤總吃虧在打結裡頭老伯結少就便宜了賈政對馮紫英道有罪有罪咱們說話兒罷馮紫英道小侄與老伯久不見面一來會會二來因廣西的同知進來引見帶了四種洋貨可以做得貢的一件是圍屏有二十四扇槅子都是紫檀雕刻的中間雖說不是玉却是絕好的硝子石石上鏤出山水人物樓臺花鳥兒來一扇上有五六十個人都是宮粧的女子名為漢宮春曉人的眉

目口鼻以及出手衣褶刻得又清楚又細膩點綴布置都是好的我想尊府大觀園中正廳上恰好用的着還有一架鐘表有三尺多高也是一個童兒拿着時辰牌到什麽時候兒就報什麽時辰裡頭還有消息人兒打十番兒這是兩件重笨的却還没有拿來現在我帶在這裡的兩件却倒有些意思兒就在身邊拿出一個錦匣子來用幾重白綾裹著揭開了綿子第一層是一個玻璃盒子裡頭金托子大紅縐紬托底上放著一顆桂圓大的珠子光華耀目馮紫英道據說這就叫做母珠因叫拿一個盤兒來詹光即忙端過一個黒漆茶盤道使得麽馮紫英道使得便又向懷裡掏出一個白絹包兒將包兒裡的珠子都

倒在盤裡散着把那顆母珠擱在中間將盤放於棹上看見那些小珠子兒滴溜滴溜的都滾到大珠子身邊回來把這顆大珠子抬高了別處的小珠子一顆也不剩都粘在大珠上詹光道這也奇賈政道這是有的所以叫做母珠原是珠之母那馮紫英又回頭看着他跟来的小厮道那個匣子呢小厮赶忙捧過一個花梨木匣子來大家打開看時原來匣內襯着虎紋錦錦上疊著一束藍紗詹光道這是什麽東西馮紫英道這叫做鮫綃帳在匣裡拿出來時疊得長不滿五寸厚不上半寸馮紫英一層一層的打開打到十來層已經桌上鋪不下了馮紫英道你看裡頭還有兩褶必得高屋裡去纔張得下這就是鮫

絲所織暑熱天氣張在堂屋裡頭蒼蠅蚊子一個不能進來又輕又亮賈政道不用全打開怕疊起來倒費事詹光便與馮紫英一層一層折好收拾了馮紫英道這四件東西價兒也不貴兩萬銀他就賣母珠一萬鮫綃帳五千漢宮春曉與自鳴鐘五千賈政道那裡買的起馮紫英道你們是個國戚難道宮裡頭用不着麽賈政道用得着的很多只是那裡有這些銀子等我叫人拿進去給老太太瞧瞧馮紫英道很是賈政便着人叫賈璉把這兩件東西送到老太太那邊去並叫人請了邢王二夫人鳳姐兒都來瞧着又把兩件東西一一試過賈璉道他還有兩件一件是圍屏一件是樂鐘共總要賣二萬銀子呢鳳姐兒

接着道東西自然是好的但是那裡有這些閒錢偺們又不比外任督撫要辦貢我已經想了好些年了像偺們這種人家必得置些不動搖的根基纔好或是祭地或是義庄再置些墳屋往後子孫遇見不得意的事還是點兒底子不到一敗塗地我的意思是這樣不知老太太老爺太太們怎麼樣若是外頭老爺們要買只管買賈母與衆人都說這話說的倒也是賈璉道還了他罷原是老爺呌我送給老太太瞧爲的是宫裡好進誰說買來擱在家裡老太太還沒開口你便說了一大堆喪氣話說着便把兩件東西拿出去了告訴賈政只說老太太不要便與馮紫英道這兩件東西好可好就只沒銀子我替你留心有

要買的人我使送信給你去馮紫英只得收拾好了坐下說些閒話沒有興頭就要起身賈政道你在這裡吃了晚飯去罷馮紫英道罷了來了就叨攪老伯嗎賈政道說那裡的話正說着人回大老爺來了賈赦早已進來彼此相見敘些寒溫不一時擺上酒來餚饌羅列大家喝着酒至四五巡後說起洋貨的話馮紫英道這種貨本是難消的除非要像尊府這樣人家還可消得其餘就難了賈政道這也不見得賈赦道我們家裡也比不得從前了這回兒也不過是個空門面馮紫英又問東府珍大爺可好麼我前兒見他說起家常話兒來提到他令郎續娶的媳婦遠不及頭裡那位秦氏奶奶了如今後娶的到底是那

一家的我也沒有問起賈政道我們這個姪孫媳婦兒也是這裡大家從前做過京畿道的胡老爺的女孩兒馮紫英道胡道長我是知道的但是他家教上也不怎麼樣也罷了只要姑娘好就好賈璉道聽得內閣裡人說起雨村又要陞了賈政道這也好不知準不準賈璉道大約有意思的了馮紫英道我今兒從吏部裡來也聽見這樣說雨村老先生是貴本家不是賈政道是馮紫英道是有服的還是無服的賈政道說也話長他原籍是浙江湖州府人流寓到蘇州甚不得意有個甄士隱和他相好時常周濟他已後中了進士得了榜下知縣便娶了甄家的丫頭如今的太太不是正配豈知甄士隱弄到零落不堪沒

有我處雨村革了職以後那時還與我家並未相識只因舍妹丈林如海林公在揚州巡鹽的時候請他在家做西席外甥女兒是他的學生因他有起復的信要進京來恰好外甥女兒要上來探親林姑老爺便托他照應上來的還有一封薦書托我吹噓吹噓那時看他不錯大家常會豈知雨村也奇我家世襲起從代字輩下來寧榮兩宅人口房舍以及起居事宜一概都明白因此遂覺得親熱了因又笑說道幾年間門子也會鑽了由知府推陞轉了御史不過幾年陞了吏部侍郎兵部尚書為著一件事降了三級如今又要陞了焉紫英道人世的榮枯仕途的得失終屬難定賈政道天下事都是一個樣的理喲比如

方纔那珠子那顆大的就像有福氣的人是的那些小的都托賴着他的靈氣護庇着要是那大的沒有了那些小的也就沒有收攬了就像人家兒當頭人有了事骨肉也都分離了親戚也都零落了就是好朋友也都散了轉瞬榮枯真似春雲秋葉一般你想做官有什麼趣兒呢像雨村算便宜的了還有我們差不多的人家兒就是甄家從前一樣功勳一樣世襲一樣起居我們也是時常來往不多幾年他們進京來差人到我這裡請安還狠熱鬧一會兒抄了原籍的家財至今杳無音信不知他近况若何心下也着實惦記着賈赦道什麼珠子賈政同馮紫英又說了一遍給賈赦聽賈赦道偺們家是再沒有事的馮

紫英道果然尊府是不怕的一則裡頭有貴妃照應二則故舊好親戚多三則你們家自老太太起至於少爺們沒有一個刁鑽刻薄的賈政道雖無刁鑽刻薄的却沒有德行才情白白的衣租食稅那裡當得起賈赦道咱們不用說這些話大家吃酒罷大家又喝了几盃擺上飯來吃畢喝茶馮家的小廝走來輕輕的向紫英說了一句馮紫英便要告辭賈赦問那小廝道你說什麽小厮道外面下雪早已下了梆子了賈政叫人看時已是雪深一寸多了賈政道那兩件東西你收拾好了麽馮紫英道收好了若尊府要用價錢還自然讓些賈政道我留神就是了紫英道我再聽信罷天氣冷請罷别送了賈赦賈政便命賈

璉送了出去未知後事如何下回分解

紅樓夢第九十二回終

紅樓夢第九十三回

甄家僕投靠賈家門　水月菴掀翻風月案

却說馮紫英去後賈政叫門上的人來吩咐道今兒臨安伯那裡來請吃酒知道是什麼事門上的人道奴才曾問過並沒有什麼喜慶事不過南安王府裡到了一班小戲子都說是個名班伯爺高興唱兩天戲請相好的老爺們瞧瞧熱鬧熱鬧大約不用送禮的說着賈赦過來問道明兒二老爺去不去賈政道承他親熱怎麼好不去的說着門上進來回道衙門裡書辦來請老爺明日上衙門有堂派的事必得早些去賈政道知道了說着只見兩個管屯裡地租子的家人走來請了安磕了頭旁

邊站着賈政道你們是那家庄的兩個答應了一聲賈政也不往下問竟與賈赦各自說了一回話兒散了家人等秉着手燈送過賈赦去這裡賈璉便叫那管租的人道說你的那人說道十月裡的租子奴才已經赶上來了原是明兒可到誰知京外拿車把車上的東西不由分說都掀在地下奴才告訴他說是府裡收租子的車不是買賣車他更不管這些奴才叫車夫只管拉着走几個衙役就把車夫混打了一頓硬扯了兩輛車去了奴才所以先來回報求爺打發個人到衙門裡去要了來纔好再者也整治整治這些無法無天的差役纔好爺還不知道呢更可憐的是那買賣車客商的東西全不顧掀下來赶着就

走那些趕車的但說句話打的頭破血出的賈璉聽了罵道這個還了得立刻寫了一個帖兒叫家人拿去向拿車的衙門裡要車去并車上東西若少了一件是不依的快叫周瑞周瑞不在家又叫旺兒旺兒晌午出去了還沒有回來賈璉道這些忘八日的一個都不在家他們成年家吃糧不管事因吩咐小厮們快給我找去說着也回到自己屋裡睡下不題且說臨安伯第二天又打發人來請賈政告訴賈赦道我是衙門裡有事璉兒要在家等候拿車的事情也不能去倒是大老爺帶著寶玉應酬一天也罷了賈赦點頭道也使得賈政遣人去叫寶玉說今兒跟大爺到臨安伯那裡聽戲去寶玉喜歡的了不得便換

上衣服帶了焙茗掃紅鋤藥三個小子出來見了賈赦請了安上了車來到臨安伯府裡門上人回進去一會子出來說老爺請於是賈赦帶著寶玉走入院內只見賓客喧闐賈赦寶玉見了臨安伯又與衆賓客都見過了禮大家坐着說笑了一回只見一個掌班拿著一本戲单一個牙笏向上打了一個千兒說道求各位老爺賞戲先從尊位點起挨至賈赦也點了一齣那人回頭見了寶玉便不向别處去竟搶步上來打個千兒道求二爺賞兩齣寶玉一見那人面如傅粉唇若塗硃鮮潤如出水芙蕖飄揚似臨風玉樹原來不是别人就是蔣玉函前日聽得他帶了小戲兒進京也沒有到自巳那裡此時見了又不好站

起來只見笑道你多早晚來的蔣玉函把眼往左右一溜悄悄的笑道怎麽二爺不知道麽寶玉因衆人在坐也難說話只得胡亂點了一齣蔣玉函去了便有幾個議論道此人是誰有的說他向來是唱小旦的如今不肯唱小旦年紀也大了就在府裡掌班頭裡也改過小生他也攢了好幾個錢家裡已經有兩三個鋪子只是不肯放下本業原舊領班有的說想必成了家了有的說親還沒有定他倒拿定一個主意說是人生婚配關係一生一世的事不是混鬧得的不論尊卑貴賤總要配的上他的纔能所以到如今還並没娶親寶玉暗忖度道不知日後誰家的女孩兒嫁他要嫁着這麽樣的人才兒也筭是不辜負

了那時開了戲也有昆腔也有高腔也有弋腔平腔熱鬧非常到了晌午便擺開桌子吃酒又看了一回賈赦便欲起身臨安伯過來留道天色尚早聽見說琪官兒還有一齣占花魁他們頂好的首戲寶玉聽了巴不得賈赦不走於是賈赦又坐了一會果然蔣玉函扮了秦小官伏侍花魁醉後神情把那一種憐香惜玉的意思做得極情盡致以後對飲對唱纏綿繾綣寶玉這時不看花魁只把兩支眼睛獨射在秦小官身上更加蔣玉函聲音响喨口齒清楚按腔落板寶玉的神魂都唱的飄蕩了直等這齣戲煞場後更知蔣玉函極是情種非尋常脚色可比因想着樂記上說的是情動於中故形于聲聲成文謂之音所

以知聲知音知樂有許多講究聲音之原不可不察詩詞一道但能傳情不能入骨自後想要講究講究音律寶玉想出了神忽見賈赦起身主人不及相留寶玉沒法只得跟了回來到了家中賈赦自回那邊去了寶玉來見賈政賈政纔下衙門正向賈璉問起拿車之事賈璉道今兒叫人拿帖兒去知縣不在家他的門上說了這是本官不知道的並無牌票出去拿車都是那些混賬東西在外頭撒野擠訛頭既是老爺府裡的我便立刻叫人去追辦包管明兒連車連東西一并送來如有半點差遲再行稟過本官重重處治此刻本官不在家求這裡老爺看破些可以不用本官知道更好賈政道既無官票倒底是何等

樣人在那裡作怪賈璉道老爺不知外頭都是這樣想来明兒
必定送来的賈璉說完下来寶玉上去見了賈政問了幾句便
叫他往老太太那裡去賈璉因為昨夜叫空了家人出来傳喚
那起人都已伺候齊全賈璉罵了一頓叫大管家賴大將各行
檔的花名册子拿来你去查點查點寫一張諭帖叫那些人知
道若有並未告假私自出去傳喚不到貽誤公事的立刻給我
打了攆出去賴大連忙答應了幾個是出来吩咐了一回家人
各自留意過不幾時忽見有一個人頭上戴着氊帽身上穿著
一身青布衣裳脚下穿着一雙撒鞋走到門上向眾人作了個
揖眾人拿眼上上下下打諒了他一番便問他是那裡来的那

人道我自南邊甄府中來的并有家老爺手書一封求這裡的爺們呈上尊老爺衆人聽見他是甄府來的纔站起來讓他坐下道你乏了且坐坐我們給你回就是了門上一面進來回明賈政呈上來書賈政拆書看時上寫着

世交夙好氣誼素敦遥仰襜帷不勝依切弟因菲材獲譴自分萬死難償幸邀寬宥待罪邊隅迄今門戶凋零家人星散所有奴子包勇向曾使用雖無奇技人尚慤實倘使得備奔走餬口有資屋烏之愛感佩無涯矣專此奉達餘容再叙不宣　　年家眷弟甄應嘉頓首

賈政看完笑道這裡正因人多甄家倒荐人來又不好却的吩

咐門上叫他見我且留他住下因材使用便了門上出去帶進一人來見賈政便磕了三個頭起來道家老爺請老爺安自已又打個千兒說包勇請老爺安賈政回問了甄老爺的好便把他上下一瞧但見包勇身長五尺有零肩背寬肥濃眉爆眼磕額長髯氣色粗黑垂着手站著便問道你是向來在甄家的還是住過幾年的包勇道小的向在甄家的賈政道你如今為什麼要出來呢包勇道小的原不肯出來只是家老爺再四叫小的出來說別處你不肯去這裡老爺家裡和在偺們自已家裡一樣的所以小的來的賈政道你們老爺不該有這樣事情弄到這個田地包勇道小的本不敢說我們老爺只是太好了一味

的真心待人反倒招出事來賈政道真心是最好的了包勇道因爲太真了人人都不喜歡討人厭煩是有的賈政笑了一笑道旣這樣皇天自然不負他的包勇還要說時賈政又問道我聽見說你們家的哥兒不是也叫寶玉麼包勇道是賈政道他還肯向上巴結麼包勇道老爺若問我們哥兒倒是一段奇事哥兒的脾氣也和我家老爺一個樣子也是一味的誠實從小兒只愛和那些姐妹們在一處頑老爺太太也狠打過幾次他只是不改那一年太太進京的時候兒哥兒大病了一場已經死了半日把老爺幾乎急死裝裹都預備了幸喜後來好了嘴裡說道走到一座牌樓那裡見了一個姑娘領着他到了一座

廟裡見了好些櫃子裡頭見了好些冊子又到屋裡見了無數女子說是都變了鬼怪是的也有變做骷髏兒的他嚇急了就哭喊起來老爺知他醒過來了連忙調治漸漸的好了老爺仍叫他在姐妹們一處頑去他竟改了脾氣了好着時候的頑意兒一槩都不要了惟有念書為事就有什麼人來引誘他他也全不動心如今漸漸的能彀帮着老爺料理些家務了賈政默然想了一回道你去歇歇去罷等這裡用着你時自然派你一個行次包勇答應着退下來跟着這裡人出去歇息不提一日賈政早起剛要上衙門看見門上那些人在那裡交頭接耳好像要使賈政知道的是的又不好明回只管咕咕唧唧的說

話賈政叫上來問道你們有什麽事這麽鬼鬼祟祟的門上的人回道奴才們不敢說賈政道有什麽事不敢說的門上的人道奴才今兒起來開門出去見門上貼著一張白紙上寫着許多不成事體的字賈政道那裡有這樣的事寫的是什麽門上的人道是水月菴裡的腌臢話賈政道拿給我瞧門上的人道奴才本要揭下來誰知他貼的結寔揭不下來只得一面抄一面洗剛纔李德揭了一張給奴才瞧就是那門上貼的話奴才們不敢隱瞞說着呈上那帖兒賈政接來看時上面寫着

西貝草斤年紀輕水月菴裡管尼僧一個男人多少女窩娼聚賭是陶情不肖子弟來辦事榮國府內好聲名

賈政看了氣的頭昏目暈赶着叫門上的人不許聲張悄悄叫人往寧榮兩府靠近的夾道子墻壁上再去找尋隨即叫人去喚賈璉出來賈璉即忙赶至賈政忙問道水月菴中寄居的那些女尼女道向來你也查考查考過沒有賈璉道沒有一向都是芹兒在那裡照管賈政道你知道芹兒照管得來照管不來賈璉道老爺既這麽說想来芹兒必有不妥當的地方兒賈政歎道你瞧瞧這個帖兒寫的是什麽賈璉一看道有這樣事麽正說着只見賈蓉走来拿著一封書子寫着二老爺密啟打開看時也是無頭榜一張與門上所貼的話相同賈政道快叫賴大帶了三四輛車到水月菴裡去把那些女尼姑女道士一齊

拉回來不許泄漏只說裡頭傳喚賴大領命去了且說水月菴中小女尼女道士等初到庵中沙彌與道士原係老尼收管日間教他些經懺巳後元妃不用也便習學得懶惰了那些女孩子們年紀漸漸的大了都也有些知覺了更兼賈芹也是風流人物打量芳官等出家只是小孩子性兒便去招惹他們那知芳官竟是眞心不能上手便把這心腸移到女尼女道士身上因那小沙彌中有個名叫沁香的和女道士中有個叫做鶴仙的長的都甚妖嬈賈芹便和這兩個人勾搭上了閑時便學些絲絃唱個曲兒那時正當十月中旬賈芹給菴中那些人領了月例銀子便想起法兒來告訴衆人道我爲你們領月錢不能

進城又只得在這裡歇著怪冷的怎麼樣我今兒帶些菓子酒大家吃着樂一夜好不好那些女孩子都高興便擺起桌子連本菴的女尼也叫了來惟有芳官不來賈芹喝了幾杯便說道要行令沁香等道我們都不會倒不如搳拳罷誰輸了喝一鍾豈不爽快本菴的女尼道這天剛過晌午混嚷混喝的不像且先喝幾鍾愛散的先散去誰愛陪芹大爺的回來晚上儘子喝去我也不管正說着只見道婆急忙進來說快散了罷府裡賴大爺來了衆女尼忙亂收拾便叫賈芹躲開賈芹因多喝了幾杯便道我是送月錢來的怕什麼話猶未完已見賴大進來見這般樣子心裡大怒爲的是賈政吩咐不許聲張只得含糊裝

笑道芹大爺也在這裡呢麽賈芹連忙站起來道賴大爺你來作什麽賴大說大爺在這裡更好快快叫沙彌道士收拾上車進城宮裡傳呢賈芹等不知原故還要細問賴大說天已不早了快快的好赶進城衆女孩子只得一齊上車賴大騎著大走騾押着赶進城不題却說賈政知道這事氣的衙門也不能上了獨坐在內書房嘆氣賈璉也不敢走開忽見門上的進來禀道衙門裡今夜該班是張老爺因張老爺病了有知會來請老爺補一班賈政正等賴大回來要辦賈芹此時又要該班心裡納悶也不言語賈璉走上去說道賴大是飯後出去的水月菴離城二十来里就赶進城也得二更天今日又是老爺的帮班

請老爺只管去賴大來了叫他押着也別聲張等明兒老爺回來再發落倘或芹兒來了也不用說明看他明兒見了老爺怎麼樣說賈政聽來有理只得上班去了賈璉抽空纔要回到自巳房中一面走着心裡抱怨鳳姐出的主意欲要埋怨因他病着只得隱忍慢慢的走着且說那些下人一人傳十傳到裡頭先是平兒知道即忙告訴鳳姐鳳姐因那一夜不好懨懨的總沒精神正是惦記鐵檻寺的事情聽見外頭貼了匿名揭帖的一句話嚇了一跳忙問貼的是什麼平兒隨口答應不留神就錯說了道沒要緊是饅頭菴裡的事情鳳姐本是心虛聽見饅頭菴的事情這一唬直唬怔了一句話沒說出來急火上攻眼

前發暈咳嗽了一陣便歪倒了兩隻眼却只是發怔平兒慌了說道水月菴裡不過是女沙彌女道士的事奶奶着什麽急呢鳳姐聽是水月菴纔定了定神道嗳糊塗東西到底是水月菴是饅頭菴呢平兒道是我頭裡錯聽了饅頭菴後來聽見不是饅頭菴是水月菴我剛纔也就說溜了嘴說成饅頭菴了鳳姐道我就知道是水月庵那饅頭庵與我什麽相干原是這水月庵是我叫芹兒管的大約剋扣了月錢平兒道我聽著不像月錢的事還有些腌臢話呢鳳姐道我更不管那個你二爺那裡去了平兒說聽見老爺生氣他不敢走開我聽見事情不好我吩咐這些人不許吵嚷不知太太們知道了没有就聽見說老

爺叫賴大拿這些女孩子去了且叫人前頭打聽打聽奶奶見在病着依我竟先別管他們的閑事正說着只見賈璉進來鳳姐欲待問他見賈璉一臉怒氣暫且裝作不知賈璉沒吃完飯旺兒來說外頭請爺呢賴大回來了賈璉道芹兒來了沒有旺兒道也來了賈璉便道你去告訴賴大說老爺上班兒去了把這些個女孩子暫且收在園裡明日等老爺回來送進宮去只叫芹兒在內書房等着我旺兒去了賈芹走進書房只見那些下人指指戳戳不知說什麼看起這個樣兒來不像宮裡要人想着問人又問不出來正在心裡疑惑只見賈璉走出來賈芹便請了安垂手侍立說道不知道娘娘宮裡即刻傳那些孩子

們做什麼叫姪兒好趕幸喜姪兒今兒送月錢去還沒有走便同着賴大來了二叔想來是知道的賈璉道我知道什麼你纔是明白的呢賈芹摸不著頭腦兒也不敢再問賈璉道你幹的好事啊把老爺都氣壞了賈芹道姪兒沒有幹什麼菴裡月錢是月月給的孩子們經懺是不忘的賈璉見他不知又是平素常在一處頑笑的便嘆口氣道打嘴的東西你各自去瞧瞧罷便從靴掖兒裡頭拿出那個揭帖來扔與他瞧賈芹拾來一看嚇得面如土色說道這是誰幹的我並沒得罪人爲什麼這麼坑我我一月送錢去只走一輪並沒有這些事若是老爺叫來打着問我姪兒就屈死了我母親知道更要打死說著見沒人

在旁邊便跪下央及道好叔叔救我一救兒罷說着只管磕頭滿眼流淚賈璉想道老爺最惱這些要是問准了有這些事這塲氣也不小鬧出去也不好聽又長那個貼帖兒的人的志氣了將來偺們的事多着呢倒不如趁着老爺上班兒和賴大商量着要混過去就可以沒事了現在沒有對証想定主意便說你別瞞我你幹的鬼兒你打諒我都不知道呢若要完事除非是老爺打着問你你只一口咬定沒有纔好沒臉的東西起去罷叫人去叫賴大不多時賴大來了賈璉便和他商量賴大說這芹大爺本來鬧的不像了奴才今兒到菴裡的時候他們正在那裡喝酒呢帖兒上的話一定是有的賈璉道芹兒你聽賴

大還賴你不成賈芹此時紅漲了臉一句也不敢言語還是賈璉拉着賴大央他護庇護庇罷只說芹哥兒是你家裡找了來的你帶了他去只說沒有見我明日你求老爺也不用問那些女孩子了竟是叫了媒人來領了去一賣完事果然娘娘再要的時候兒偺們再買賴大想來鬧也無益且名聲不好也就應了賈璉叫賈芹跟了賴大爺去罷聽着他教你你就跟着他說罷賈芹又磕了一個頭跟著賴大出去到了沒人的地方兒又給賴大磕頭賴大說我的小爺你太鬧的不像了不知得罪了誰鬧出這個亂兒來你想想誰和你不對罷賈芹想了一會子並無不對人的只得無精打彩跟着賴大走回未知如何抵賴

且聽下回分解

紅樓夢第九十三回終

紅樓夢第九十四回

晏海棠賈母賞花妖　失寶玉通靈知奇禍

話說賴大帶了賈芹出來一宿無話靜候賈政回來單是那些女尼女道重進園來都喜歡的了不得欲要到各處逛逛明日預備進宮不料賴大便吩咐了看園的婆子並小廝看守惟給了些飯食却是一步不准走開那些女孩子摸不著頭腦只得坐著等到天亮園裏各處的丫頭雖都知道拉進女尼們來預備宮裏使喚却也不能深知原委到了明日早起賈政正要下班因堂上發下兩省城工估銷冊子立刻要查核一時不能回家便叫人回來告訴賈璉說賴大回來你務必查問明白該如

們辦就如何辦了不必等我賈璉奉命先替芹兒喜歡又想道若是辦得一點影兒都沒有又恐賈政生疑不如回明二太太討個主意辦去便是不合老爺的心我也不至甚擔干係主意定了進內去見王夫人陳說昨日老爺見了揭帖生氣把芹兒和女尼女道等都叫進府來查辦今日老爺沒空問這件不成體統的事叫我來回太太該怎麼便怎麼樣我所以來請示太太這件事如何辦理王夫人聽了咤異道這是怎麼說若是芹兒這麼樣起來這還成偺們家的人了麼但只這個貼帖兒的也可惡這些話可是混嚼說得的麼你到底問了芹兒有這件事沒有呢賈璉道剛纔也問過了太太想別說他幹了沒有就

是幹了一個人幹了混賬事也肯應承麼但只我想芹兒也不敢行此事知道那些女孩子都是娘娘一時要叫的倘或鬧出事來怎麼樣呢依姪兒的主見要問也不難若問出來太太怎麼個辦法呢王夫人道如今那些女孩子在那裡賈璉道都在園裡鎖着呢王夫人道姑娘們知道不知道賈璉道大約姑娘們也都知道是預備宮裡頭的話外頭並沒提起別的來王夫人道狠是這些東西一刻也是留不得的頭裡我原要打發他們去來着都是你們說留着好如今不是弄出事來了麼你竟叫賴大帶了去細細兒的問他的本家兒有人沒有將文書查出花上幾十兩銀子僱隻船派個妥當人送到本地一槩連文

書發還了也落得無事若是爲着一兩個不好個個都押着他們還俗那又太造孽了若在這裡發給官媒雖然我們不要身價他們弄去賣錢那裡顧人的死活呢芹兒呢你便狠狠的說他一頓除了祭祀喜慶無事叫他不用到這裡來看仔細碰在老爺氣頭兒上那可就吃不了兜著走了也說給賬房兒裡把這一項錢糧檔子銷了還打發個人到水月菴說老爺的諭除了上坟燒紙要有本家爺們到他那裡去不許接待若再有一點不好風聲連老姑子一塊兒攆出去賈璉一一答應了出去將王夫人的話告訴賴大說太太的主意叫你這麼辦辦完了告訴我去回太太你快辦去罷回來老爺來你也按著太太的

話回去賴大聽說便道我們太太真正是個佛心這班東西還着人送回去既是太太好心不得不挑個好人芹哥兒竟交給二爺開發了罷那貼帖兒的奴才想法兒查出來重重的收拾他纔好賈璉點頭說是了卽刻將賈芹發落賴大也赶着把女尼等領出按著主意辦去了晚上賈政回來賈璉賴大回明賈政賈政本是省事的人聽了也便撂開手了獨有那些無賴之徒聽得賈府發出二十四個女孩子來那個不想究竟那些人能彀回家不能未知着落亦難虛擬且說紫鵑因黛玉漸好園中無事聽見女尼等預備宮內使喚不知何事便到賈母那邊打聽打聽恰遇着鴛鴦下來閒着坐下說閒話兒提起女尼的

事鴛鴦吒異道我並没有聽見回來問問二奶奶就知道了正說着只見傅試家兩個女人過來請賈母的安鴛鴦要陪了上去那兩個女人因賈母正睡晌覺就與鴛鴦說了一聲兒回去了紫鵑問這是誰家差來的鴛鴦道好討人嫌家裡有了一個女孩兒長的好些兒就獻寶的是的常在老太太跟前誇他們姑娘怎麼長的好心地兒怎麼好禮貌上又好說話兒又簡絕做活計兒手兒又巧會寫會筭尊長上頭最孝敬的就是待下人也是極和平的來了就編這麼一大套常說給老太太聽我聽着狠煩這幾個老婆子真討人嫌我們老太太偏愛聽那些個話老太太也罷了還有寶玉素常見了老婆子便狠厭煩的

偏見了他們家的老婆子就不厭煩你說奇不奇前兒還來說他們姑娘現有多少人家兒來求親他們老爺總不肯應心裡只要和偺們這樣人家作親纔肯誇奬一回奉承一回把老太太的心都說活了紫鵑聽了一呆便假意道若老太太喜歡爲什麽不就給寶玉定了呢鴛鴦正要說出原故聽見上頭說老太太醒了鴛鴦赶着上去紫鵑只得起身出來回到園裡一頭走一頭想道天下莫非只有一個寶玉你也想他我也想他我們家的那一位越發痴心起來了看他的那個神情兒是一定在寶玉身上的了三番兩次的病可不是爲着這個是什麽這家裡金的銀的還鬧不清再添上一個什麽傳姑娘更了不得了

我看寶玉的心也在我們那一位的身上啊聽着鴛鴦的話竟是見一個愛一個的這不是我們姑娘白操了心了嗎紫鵑本是想著黛玉往下一想連自已也不得主意了不免神都痴了要想叫黛玉不用瞎操心呢又恐怕他煩惱要是看著他這樣又可憐見兒的左思右想一時煩躁起來自已啐自已道你替人耽什麼憂就是林姑娘真配了寶玉他的那性情兒也是難伏侍的寶玉性情雖好又是貪多嚼不爛的我倒勸人不必瞎操心我自已纔是瞎操心呢從今已後我盡我的心伏侍姑娘其餘的事全不管這麼一想心裡倒覺清淨回到瀟湘館來見黛玉獨自一人坐在炕上理從前做過的詩文詞稿抬頭見紫

鵑進来便問你到那裡去了紫鵑道今兒瞧了瞧姐妹們去黛玉道可是找襲人姐姐去麽紫鵑道我找他做什麽黛玉一想這話怎麽順嘴說出來了呢反覺不好意思便啐道你找不找與我什麽相干倒茶去罷紫鵑也心裡暗笑出來倒茶只聽園裡一叠聲亂嚷不知何故一面倒茶一面叫人去打聽回來說道怡紅院裡的海棠本來萎了幾棵也沒人去澆灌他昨日寶玉走去瞧見枝頭上好像有了骨朶兒是的人都不信没有理他忽然今日開的狠好的海棠花衆人咤異都爭著去看連老太太太太都鬨動了來瞧花兒呢所以大奶奶叫人收拾園裡的樹葉子這些人在那裡傳喚黛玉也聽見了知道老太太来

便更了衣叫雪雁去打聽若是老太太來了即來告訴我雪雁去不多時便跑來說老太太太太好些人都來了請姑娘就去罷黛玉略自照了一照鏡子掠了一掠鬢髮便扶着紫鵑到怡紅院來已見老太太坐在寶玉常卧的榻上黛玉便說道請老太太安退後便見了邢王二夫人回來與李紈探春惜春邢岫烟彼此問了好只有鳳姐因病未來史湘雲因他叔叔調任回京接了家去薛寶琴跟他姐姐家去住了李家姐妹因見園內多事李嬸娘帶了在外居住所以黛玉今日見的只有數人大家說笑了一回講究這花開得古怪賈母道這花兒應在三月裡開的如今雖是十一月因節氣遲還算十月應著小陽春的

天氣因爲和暖開花也是有的王夫人道老太太見的多說得是也不爲奇邢夫人道我聽見這花已經萎了一年怎麽這回不應時候兒開了必有個原故李紈笑道老太太和太太說的都是據我的糊塗想頭必是寶玉有喜事來了此花先來報信探春雖不言語心裏想道必非好兆大凡順者昌逆者亡草木知運不時而發必是妖孽但只不好說出來獨有黛玉聽說是喜事心裏觸動便高興說道當初田家有荆樹一棵弟兄三個因分了家那荆樹便枯了後來感動了他弟兄們仍舊歸在一處那荆樹也就榮了可知草木也隨人的如今二哥哥認眞念書舅舅喜歡那棵樹也就發了賈母王夫人聽了喜歡便說林

姑娘比方得有理狠有意思正說着賈赦賈政賈環賈蘭都進來看花賈赦便說據我的主意把他砍去必是花妖作怪賈政道見怪不怪其怪自敗不用砍他隨他去就是了賈母聽見便說誰在這裡混說人家有喜事好處什麽怪不怪的若有好事你們享去若是不好我一個人當去你們不許混說賈政聽了不敢言語赸赸的同賈赦等走了出來那賈母高興叫人傳話到廚房裡快快預備酒席大家賞花叫寶玉環兒蘭兒各人做一首詩誌喜林姑娘的病纔好别叫他費心若高興給你們改改對著李紈道你們都陪我喝酒李紈答應了是便笑對探春笑道都是你鬧的探春道饒不叫我們做詩怎麽我們鬧的李

紈道海棠社不是你起的麽如今那棵海棠也要來入社了大家聽著都笑了一時擺上酒菜一面喝着彼此都要討老太太的喜歡大家說些興頭話寶玉上來斟了酒便立成了四句詩寫出來念與賈母聽道

海棠何事忽摧隤　今日繁花爲底開
應是北堂增壽考　一陽旋復占先梅

賈環也寫了來念道

草木逢春當茁芽　海棠未發候偏差
人間奇事知多少　冬月開花獨我家

賈蘭恭楷謄正呈與賈母賈母命李紈念道

烟凝媚色春前萎　霜浥微紅雪後開

莫道此花知識淺　欣榮預佐合歡盃

賈母聽畢便說我不大懂詩聽去倒是蘭兒的好環兒做的不好都上来吃飯罷寶玉看見賈母喜歡更是興頭因想起晴雯死的那年海棠死的今日海棠復榮我們院內這些人自然都好但是晴雯不能像花的死而復生了頓覺轉喜為悲忽又想起前日巧姐提鳳姐要把五兒補入或此花為他而開也未可知郤又轉悲為喜依舊說笑賈母還坐了半天然後扶了珍珠囬去了王夫人等跟着過來只見平兒笑嘻嘻的迎上来說我們奶奶知道老太太在這裡賞花自巳不得來叫奴才来伏侍

老太太太太們還有兩疋紅送給寶二爺包裹這花當作賀禮襲人過來接了呈與賈母看賈母笑道偏是鳳丫頭行出點事兒來叫人看着又體面又新鮮狠有趣兒襲人笑着向平兒道回去替寶二爺給二奶奶道謝要有喜大家喜賈母聽了笑道噯喲我還忘了呢鳳丫頭雖病着還是他想的到送的也巧一面說着衆人就隨着去了平兒私與襲人道奶奶說這花兒開的怪叫你鉸塊紅紬子掛掛就應在喜事上去了已後也不必只管當作奇事混說襲人點頭答應送了平兒出去不題且說那日寶玉本來穿着一裹圓的皮袄在家歇息因見花開只管出來看一回賞一回歎一回愛一回的心中無數悲喜離合都

弄到這株花上去了忽然聽說賈母要來便去換了一件狐腋箭袖罩一件元狐腿外褂出來迎接賈母匆匆穿換未將通靈寶玉掛上及至後來賈母去了仍舊換衣襲人見寶玉脖子上沒有掛着便問那塊玉呢寶玉道剛纔忙亂換衣摘下來放在炕桌上我沒有帶襲人叫看桌上並沒有玉便向各處找尋蹤影全無嚇得襲人滿身冷汗寶玉道不用着急少不得在屋裡的問他們就知道了襲人當作麝月等藏起嚇他頑便向麝月等笑著說道小蹄子們頑呢到底有個頑法把這件東西藏在那裡了別真弄丟了那可就大家活不成了麝月等都正色道這是那裡的話頑是頑笑是笑這個事非同兒戲你可別混說

你自已昏了心了想想罷想想擱在那裡了這會子又混賴人了襲人見他這般光景不像是頑話便着急道皇天菩薩小祖宗你到底撂在那裡了寶玉道我記的明明兒放在炕桌上你們到底找啊襲人麝月等也不敢叫人知道大家偷偷兒的各處搜尋鬧了大半天毫無影響甚至畨箱倒籠實在沒處去找便疑到方纔這些人進來不知誰撿了去了襲人說道進來的誰不知道這玉是性命是的東西呢誰敢撿了去你們好歹先別聲張快到各處問去若有姐妹們撿着和我們頑呢你們給他磕個頭要了來要是小丫頭們偷了去問出來也不回上頭不論做些什麽送他換了來都使得的這可不是小事真要丟

了這個比丟了寶二爺的還利害呢麝月秋紋剛要往外走襲人又赶出來囑咐道頭裡在這裡吃飯的倒別先問去找不成再惹出些風波來更不好了麝月等依言分頭各處追問人人不曉個個驚疑二人連忙回來俱目瞪口呆面面相覷寶玉也嚇怔了襲人急的只是乾哭找是沒處找回又不敢回怡紅院裡的人嚇的一個個像木雕泥塑一般大家正在發獃只見各處知道的都來了探春叫把園門關上先叫個老婆子帶着兩個丫頭再往各處去尋去一面又叫告訴衆人若誰找出來重重的賞他大家頭宗要脫干係二宗聽見重賞不顧命的混找了一遍甚至于茅厠裡都找到了誰知那塊玉竟像綉花針兒

一般找了一天總無影響李紈急了說這件事不是頑的我要說句無禮的話了眾人道什麼話李紈道事情到了這裡也顧不得了現在園裡除了寶玉都是女人要求各位姐姐妹妹姑娘都要叫跟來的丫頭脫了衣服大家搜一搜若沒有再叫丫頭們去搜那些老婆子並粗使的丫頭不知使得使不得大家說道這話也說的有理現在人多手亂魚龍混雜倒是這麼着他們也洗洗清探春獨不言語那些丫頭們也都愿意洗淨自已先是平兒起平兒說道打我先搜起於是各人自已解懷李紈一氣兒混搜探春嗔着李紈道大嫂子你也學那起不成材料的樣子來了那個人既偷了去還肯藏在身上況且這件東

西在家裡見寶到了外頭不知道的是廢物偷他做什麼我想來必是有人使促狹衆人聽說又見環兒不在這裡昨兒是他滿屋裡亂跑都疑到他身上只是不肯說出來探春又道使促狹的只有環兒你們叫個人去悄悄的叫了他來背地裡哄着他叫他拿出來然後嚇着他叫他別聲張就完了大家點頭李紈便向平兒道這件事還得你去纔弄的明白平兒答應就趕着去了不多時同着賈環來了衆人假意裝出没事的樣子叫人沏了茶擱在裡間屋裡衆人故意搭赸走開原叫平兒哄他平兒便笑着向賈環道你二哥哥的玉丢了你瞧見了没有賈環便急的紫漲了臉瞪着眼說道人家丢了東西你怎麼又叫

我来查問疑我我是犯過案的賊麼平兒見這樣子倒不敢再問便又陪笑道不是這麼說怕三爺要拿了去嚇他們所以白問問瞧見了沒有好叫他們找賈環道他的玉在他身上看見沒看見該問他怎麼問我呢你們都捧着他得了什麼不問我丢了東西就來問我說著起身就走衆人不好攔他這裡寶玉倒急了說道都是這勞什子鬧事我也不要他了你們也不用鬧了環兒一去必是嚷的滿院裡都知道了這可不是鬧事了麼襲人等急的又哭道小祖宗兒你看這玉丢了沒要緊要是上頭知道了我們這些人就要粉身碎骨了說着便嚎啕大哭起來衆人更加着急明知此事掩飾不來只得要商議定了話

回來好囘賈母諸人寶玉道你們竟也不用商量硬說我砸了就完了平兒道我的爺好輕巧話兒上頭要問爲什麼砸的呢他們也是個死啊倘或要起砸破的碴兒来那又怎麼樣呢寶玉道不然就說我出門丢了衆人一想這句話倒還混的過去但只這兩天又没上學又没往别處去寶玉道怎麼没有大前兒還到臨安伯府裡聽戲去了呢就說那日丢的就完了探春道那也不妥旣是前兒丢的爲什麼當日不來囘衆人正在胡思亂想要裝㸃撒謊只聽見趙姨娘的聲兒哭着喊着走來說你們丢了東西自已不找怎麼叫人背地裡拷問環兒我把環兒帶了來索性交給你們這一起洑上水的該殺該剮隨你們

罷說着將環兒一推說你是個賊快快的招罷氣的環兒也哭喊起來李紈正要勸解丫頭來說太太來了襲人等此時無地可容寶玉等赶忙出來迎接趙姨娘暫且也不敢作聲跟了出來王夫人見衆人都有驚惶之色纔信方纔聽見的話便道那塊玉真丟了麽衆人都不敢作聲王夫人走進屋裡坐下便叫襲人慌的襲人連忙跪下含淚要稟王夫人道你起來快快叫人細細的找去一忙亂倒不好了襲人哽咽難言寶玉恐襲人直告訴出來便說道太太這事不與襲人相干是我前日到臨安伯府裡聽戲在路上丟了王夫人道爲什麽那日不找呢寶玉道我怕他們知道沒有告訴他們我叫焙茗等在外頭各處

我過的王夫人道胡說如今脫換衣服不是襲人他們伏侍的麼大凡哥兒出門回來手巾荷包短了還要個明白何况這塊玉不見了難道不問麼寶玉無言可答趙姨娘聽見便得意了忙接口道外頭丟了東西也賴環兒話未說完被王夫人喝道這裡說這個你且說那些沒要緊的話趙姨娘便也不敢言語了還是李紈探春從實的告訴了王夫人一遍王夫人也急的眼中落淚索性要回明了賈母去問邢夫人那邊來的這些人去鳳姐病中也聽見寶玉失玉知道王夫人過來料躲不住便扶了豐兒來到園裡正值王夫人起身要走鳳姐姣怯怯的說請太太安寶玉等過來問了鳳姐好王夫人因說道你也聽見

了麽這可不是奇事嗎剛纔眼錯不見就丟了再找不着你去想想打老太太那邊的丫頭起至你們平兒誰的手不穩誰的心促狹我要回了老太太認真的查出來纔好不然是斷了寶玉的命根子了鳳姐回道偺們家人多手雜自古說的知人知面不知心那裡保的住誰是好的但只一吵嚷已經都知道了偷玉的人要叫太太查出來明知是死無葬身之地他着了急反要毀壞了滅口那時可怎麽處呢據我的糊塗想頭只說寶玉本不愛他撂丢了也沒有什麽要緊只要大家嚴密些別叫老太太老爺知道這麽說了暗暗的派人去各處察訪哄騙出來那時玉也可得罪名也可定不知太太心裡怎麽樣王夫人

遲了半日纔說道你這話雖也有理但只是老爺跟前怎麼瞞的過呢便叫環兒來說道你二哥哥的玉丢了白問了你一句怎麼你就亂嚷要是嚷破了人家把那個毀壞了我看你活得活不得賈環嚇得哭道我再不敢嚷了趙姨娘聽了那裏還敢言語王夫人便吩咐衆人道想來自然有沒找到的地方兒好端端的在家裏的還怕他飛到那裏去不成只是不許聲張限襲人三天內給我找出來要是三天找不着只怕也瞞不住大家那就不用過安靜日子了說着便叫鳳姐兒跟到邢夫人那邊商議踹緝不題這裏李紈等紛紛議論便傳喚看園子的一干人來叫把園門鎖上快傳林之孝家的來悄悄兒的告訴了

他叫他吩咐前後門上三天之內不論男女下人從裡頭可以走動要出去時一槩不許放出只說裡頭丢了東西等這件東西有了着落然後放人出來林之孝家的答應了是因說前兒奴才家裡也丢了一件不要緊的東西林之孝必要明白上街找去了一個測字的那人叫做什麼劉鐵嘴測了一個字說的狠明白回來按着一找就找着了襲人聽見便央及林家的道好林奶奶出去快求林大爺替我們問問去那林之孝家的答應着出去了邢岫烟道若說那外頭測字打卦的是不中用的我在南邊聞妙玉能扶乩何不煩他問一問况且我聽見說這塊玉原有仙机想來問的出來衆人都咤異道偺們常見的從

沒有聽他說起麝月便忙問岫烟道想來別人求他是不肯的好姑娘我給姑娘磕個頭求姑娘就去若問出來了我一輩子總不忘你的恩說着赶忙就要磕下頭去岫烟連忙攔住黛玉等也都慫恿著岫烟速往櫳翠菴去一面林之孝家的進來說道姑娘們大喜林之孝測了字回來說這玉是丟不了的將來橫竪有人送還來的衆人聽了也都半信半疑惟有襲人麝月喜歡的了不得探春便問測的是什麼字林之孝家的道他的話多奴才也學不上來記得是拈了個賞人東西的賞字那劉鐵嘴也不問便說丟了東西不是李紈道這就筭好林之孝家的道他還說賞字上頭一個小字底下一個口字這件東西狠

可嘴裡放得必是個珠子寶石衆人聽了誇讚道真是神仙往下怎麽說林之孝家的道他說底下貝字拆開不成一個見字可不是不見了因上頭拆了當字叫快到當舖裡找去賞字加一人字可不是償字只要找著當舖就有人有了人便贖了來可不是償還了嗎衆人道既這麽着就先往左近找起橫竪幾個當舖都找遍了少不得就有了偺們有了東西再問人就容易了李紈道只要東西那怕不問人都使得林嫂子你去就把測字的話快告訴了二奶奶回了太太先叫太太放心就叫二奶奶快泒人查去林家的答應了便走衆人畧安了一點兒神呆呆的等岫烟回來正呆等時只見跟寶玉的焙茗在門外招

手兒叫小丫頭子快出來那小丫頭赶忙的出去了焙茗便說道你快進去告訴我們二爺和裡頭太太奶奶姑娘們天大的喜事那小丫頭子道你快說罷怎麽這麽累贅焙茗笑着拍手道我告訴姑娘姑娘進去回了偺們兩個人都得賞錢呢你打量是什麽事情寶二爺的那塊玉呀我得了準信兒來了未知如何下回分解

紅樓夢第九十四回終

紅樓夢第九十五回

因訛成實元妃薨逝　以假混真寶玉瘋顛

話說焙茗在門口和小丫頭子說寶玉的玉有了那小丫頭急忙回來告訴寶玉衆人聽了都推着寶玉出去問他衆人在廊下聽着寶玉也覺放心便走到門口問道你那裡得了快拿來焙茗道拿是拿不來的還得托人做保去呢寶玉道你快說是怎麽得的我好叫人取去焙茗道我在外頭知道林爺爺去測字我就跟了去我聽見說在當鋪裡找我沒等他說完便跑到幾個當鋪裡去我比給他們瞧有一家便說有我說給我罷那鋪子裡要票子我說當多少錢他說三百錢的也有五百錢的

也有前兒有一個人拿這麽一塊玉當了三百錢去今兒又有人也拿一塊玉當了五百錢去寶玉不等說完便道你快拿三百五百錢去取了來我們挑着看是不是裡頭襲人便啐道二爺不用理他我小時候兒聽見我哥哥常說有些人賣那些小玉兒沒錢用便去當想來是家家當鋪裡有的衆人正在聽得咤異被襲人一說想了一想倒大家笑起來說快叫二爺進來罷不用理那糊塗東西了他說的那些玉想來不是正經東西

寶玉正笑着只見岫烟來了原來岫烟走到櫳翠菴見了妙玉不及閒話便求妙玉扶乩妙玉冷笑幾聲說道我與姑娘來往爲的是姑娘不是勢利塲中的人今日怎麽聽了那裡的謠言

過來纏我况且我並不曉得什麽叫扶乩說着將要不理岫烟懊悔此來知他脾氣是這麽着的一時我已說出不好白回去又不好與他質証他會扶乩的話只得陪着笑將襲人等性命關係的話說了一遍見妙玉略有活動便起身拜了幾拜妙玉嘆道何必為人作嫁但是我進京以來素無人知今日你來破例恐將來纏繞不休岫烟道我也一時不忍知你必是慈悲的便是將來他人求你願不願在你誰敢相强妙玉笑了一笑叫道婆焚香在箱子裡找出沙盤乩架書了符命岫烟行禮祝告畢起來同妙玉扶着乩不多時只見那仙乩疾書道

噫來無跡去無踪青埂峰下倚古松欲追尋山萬重入我

門來一笑逢

書畢停了乩岫烟便問請的是何仙妙玉道請的是拐仙岫烟錄了出來請教妙玉識妙玉道這個可不能連我也不懂你快拿去他們的聰明人多著哩岫烟只得回來進入院中各人都問怎麼樣了岫烟不及細說便將所錄乩語遞與李紈衆姊妹及寶玉爭看都所的是一時要找是找不着的然而丟是丟不了的不知幾時不找便出來了但是青埂峯不知在那裡李紈道這是仙機隱語偺們家裡那裡跑出青埂峯來必是誰怕查出撂在有松樹的山子石底下也未可定獨是入我門來這句到底是入誰的門呢黛玉道不知請的是誰岫烟道拐仙探春

道若是仙家的門便難入了襲人心裡着忙便捕風捉影的混找没一塊石底下不找到只是没有回到院中寶玉也不問有無只管傻笑麝月着急道小祖宗你到底是那裡丟的説明了我們就是受罪也在明處啊寶玉笑道我説外頭丟的你們又不依你如今問我我知道麼李紈探春道今兒從早起鬧起已到三更來的天了你瞧林妹妹已經掌不住各自去了我們也該歇歇兒了明兒再鬧罷説着大家散去寶玉即便睡下可憐襲人等哭一回想一回一夜無眠暫且不題且説黛玉先自回去想起金石的舊話来反自歡喜心裡也道和尚道士的話真個信不得果真金玉有緣寶玉如何能把這玉丟了呢或者因

我之事折散他們的金玉也未可知想了半天更覺安心把這一天的勞乏竟不理會重新倒看起書來紫鵑倒覺身倦連催黛玉睡下黛玉雖躺下又想到海棠花上說這塊玉原是胎裡帶來的非比尋常之物來去自有關係若是這花主好事呢不該失了這玉呀看來此花開的不祥莫非他有不吉之事不覺又傷起心來又轉想到喜事上頭此花又似應開此玉又似應失如此一悲一喜直想到五更方睡著次日王夫人等早派人到當鋪裡去查問鳳姐暗中設法找尋一連鬧了幾天總無下落還喜賈母賈政未知襲人等每日提心吊胆寶玉也好幾天不上學只是怔怔的不言不語沒心沒緒的王夫人只知他因

失玉而起也不大著意那日正在納悶忽見賈璉進來請安嘻嘻的笑道今日聽得雨村打發人來告訴偺們二老爺說舅太爺陞了內閣大學士奉旨來京已定于明年正月二十日宣麻有三百里的文書去了想舅太爺晝夜趲行半個多月就要到了姪兒特來回太太知道王夫人聽說便歡喜非常正想娘家人少薛姨媽家又衰敗了兄弟又在外任照應不着今日忽聽兄弟拜相回京王家榮耀將來寶玉都有倚靠便把失玉的心又略放開些了天天專望兄弟來京忽一天賈政進來滿臉淚痕喘吁吁的說道你快去稟知老太太即刻進宮不用多人的是你伏侍進去因娘娘忽得暴病現在太監在外立等他說太

醫院已經奏明痰厥不能醫治王夫人聽說便大哭起來賈政道這不是哭的時候快快去請老太太說得寛緩些不要嚇壞了老人家賈政說着出來吩咐家人伺候王夫人收了淚去請賈母只說元妃有病進去請安賈母念佛道怎麽又病了前番嚇的我了不得後來又打聽錯了這回情願再錯了也罷王夫人一面囘答一面催鴛鴦等開箱取衣飾穿戴起來王夫人趕着囘到自己房中也穿戴好了過來伺候一時出廳上轎進宮不題且說元春自選了鳳藻宮後聖眷隆重身體發福未免舉動費力每日起居勞乏時發痰疾因前日侍宴囘宮偶沾寒氣勾起舊病不料此囘甚屬利害竟至痰氣壅塞四肢厥冷一面

奏明即召太醫治調豈知湯藥不進連用通關之劑並不見效
內官憂慮奏請預辦後事所以傳旨命賈氏椒房進見賈母王
夫人遵旨進宮見元妃痰塞口涎不能言語見了賈母只有悲
泣之狀却沒眼淚賈母進前請安奏些寬慰的話少時賈政等
職名遞進宮嬪傳奏元妃目不能顧漸漸臉色改變內官太監
即要奏聞恐派各妃看視椒房姻戚未便久羈請在外宮伺候
賈母王夫人怎忍便離無奈國家制度只得下來又不敢啼哭
惟有心內悲感朝門內官員有信不多時只見太監出來立傳
欽天監賈母便知不好尚未敢動稍刻小太監傳諭出來說賈
娘娘薨逝是年甲寅年十二月十八日立春元妃薨日是十二

月十九日已交卯年寅月存年四十三歲賈母含悲起身只得出宮上轎回家賈政等亦已得信一路悲戚到家中邢夫人李紈鳳姐寶玉等出廳分東西迎着賈母請了安並賈政王夫人請安大家哭泣不題次日早起凡有品級的按貴妃喪禮進內請安哭臨賈政又是工部雖按照儀注辦理未免堂上又要周旋他些同事又要請教他所以兩頭更忙非比從前太后與周妃的喪事了但元妃並無所出惟謚曰賢淑貴妃此是王家制度不必多贅只講賈府中男女天天進宮忙的了不得幸喜鳳姐兒近日身子好些還得出來照應家事又要預備王子騰進京接風賀喜鳳姐胞兄王仁知道叔叔入了內閣仍帶家眷來

京鳳姐心裡喜歡便有些心病有這些娘家的人也便撂開所以身子倒覺比先好了些王夫人看見鳳姐照舊辦事又把擔子卸了一半又眼見兄弟來京諸事放心倒覺安靜些獨有寶玉原是無職之人又不念書代儒學裡知他家裡有事也不來管他賈政正忙自然沒有空兒查他想來寶玉趁此機會竟可與姊妹們天天暢樂不料他自失了玉後終日懶怠走動說話也糊塗了並賈母等出門回來有人叫他去請安便去沒人叫他他也不動襲人等懷着鬼胎又不敢去招惹他恐他生氣每天茶飯端到面前便吃不來也不要襲人看這光景不像是有氣竟像是有病的襲人偷着空兒到瀟湘館告訴紫鵑說是二

爺這麽着求姑娘給他開導開導紫鵑雖即告訴黛玉只因黛玉想着親事上頭一定是自己了如今見了他反覺不好意思若是他來呢原是小時在一處的也難不理他若說我去找他斷斷使不得所以黛玉不肯過來襲人又背地裏去告訴探春那知探春心裏明明知道海棠開得異怪寶玉失的更奇接連着元妃姐姐薨逝諒家道不祥日日愁悶那有心腸去勸寶玉況兄妹們男女有別只好過來一兩次寶玉又終是懶懶的所以也不大常來寶釵也知失玉因薛姨媽那日應了寶玉的親事回去便告訴了寶釵薛姨媽還說雖是你姨媽說了我還沒有應準說等你哥哥回來再定你願意不願意寶釵反正色的

對母親道媽媽這話說錯了女孩兒家的事情是父母作主的如今我父親沒了媽媽應該作主的再不然問哥哥怎麼問起我來所以薛姨媽更愛惜他說他雖是從小嬌養慣的却也生來的貞靜因此在他面前反不提起寶玉了寶釵自從聽此一說把寶玉兩字自然更不提起了如今雖然聽見失了玉心裡也甚驚疑倒不好問祗得聽旁人說去竟像不與自巳相干的只有薛姨媽打發丫頭過來了好幾次問信因他自巳的兒子薛蟠的事焦心只等哥哥進京便好爲他出脫罪名又知元妃巳薨雖然賈府忙亂却得鳳姐好了出來理家所以也不大過這邊來這裡只苦了襲人在寶玉跟前低聲下氣的伏侍勸慰

寶玉竟是不懂襲人只有暗暗的着急而已過了幾日元妃停靈寢廟賈母等送殯去了幾天豈知寶玉一日獃似一日也不發燒也不疼痛只是吃不像吃睡不像睡甚至說話都無頭緒那襲人麝月等一發慌了回過鳳姐幾次鳳姐不時過來起先道是找不着玉生氣如今看他失魂落魄的樣子只有日日請醫調治煎藥吃了好幾劑只有添病的沒有減病的及至問他那裡不舒服寶玉也不說出來直至元妃事畢賈母惦記寶玉親自到園看視王夫人也隨過來襲人等叫寶玉接出去請安寶玉雖說是病每日原起來行動今日叫他接賈母去他依然仍是請安惟是襲人在旁扶着指教賈母見了便道我的兒我

打諒你怎麼病著故此過來瞧你今你依舊的模樣見我的心放了好些王夫人也自然是寬心的但寶玉並不回答只管嘻嘻的笑賈母等進屋坐下問他的話襲人教一句他說一句大不似往常直是一個傻子是的賈母愈看愈疑便說我纔進來看時不見有什麼病如今細細一瞧這病果然不輕竟是神魂失散的樣子到底因什麼起的呢王夫人知事難瞞又瞧瞧襲人怪可憐的樣子只得便依着寶玉先前的話將那往臨安伯府裡去聽戲時丟了這塊玉的話悄悄的告訴了一遍心裡也徬徨的狠生恐賈母着急并說現在着人在四下裡找尋求籤問卦都說在當舖裡找少不得找着的賈母聽了急得站起來

眼淚直流說道這件玉如何是丢得的你們忒不懂事了難道老爺也是撂開手的不成王夫人知賈母生氣叫襲人等跪下自已斂容低首回說媳婦恐老太太着急老爺生氣都沒敢囘賈母咳道這是寶玉的命根子因丢了所以他這麽失魂喪魄的還了得這玉是滿城裡都知道的誰撿了去肯叫你們找出來麽叫人快快請老爺我與他說那時嚇得王夫人襲人等俱哀告道老太太這一生氣回來老爺更了不得了現在寶玉病着交給我們儘命的我來就是了賈母道你們怕老爺生氣有我呢便叫麝月傳人去請不一時傳話進來說老爺謝客去了賈母道不用他也使得你們便說我說的話暫且也不用責罰

下人我便叫璉兒來寫出賞格懸在前日經過的地方便說有
人檢得送來者情愿送銀一萬兩如有知人檢得送信找得者
送銀五千兩如真有了不可吝惜銀子這麽一找少不得就找
出来了若是靠着偺們家幾個人找就找一輩子也不能得王
夫人也不敢直言賈母傳話告訴賈璉叫他速辦去了賈母便
叫人將寶玉動用之物都搬到我那裡去只派襲人秋紋跟過
來餘者仍留園內看屋子寶玉聽了總不言語只是傻笑賈母
便攜了寶玉起身襲人等攙扶出園回到自已房中叫王夫人
坐下看人收拾裡間屋內安置便對王夫人道你知道我的意
思麽我爲的是園裡人少怡紅院的花樹忽萎忽開有些奇怪

頭裡仗著那塊玉能除邪祟如今玉丟了只怕那氣易侵所以我帶過他來一塊兒住着這幾天也不用叫他出去大夫來就在這裡瞧王夫人聽說便接口道老太太想的自然是如今寶玉同著老太太住了老太太的福氣大不論什麼都壓住了賈母道什麼福氣不過我屋裡乾淨些經卷也多都可以念念定定心神你問寶玉好不好那寶玉見問只是笑襲人叫他說好寶玉也就說好王夫人見了這般光景未免落淚在賈母這裡不敢出聲賈母知王夫人着急便說道你囘去罷這裡有我調停他晚上老爺囘來告訴他不必來見我不許言語就是了王夫人去後賈母叫鴛鴦找些安神定魄的藥按方吃了不題且

說賈政當晚回家在車內聽見道兒上人說道人要發財也容易的狠那個問道怎麽見得這個人又道今日聽見榮府裡丟了什麽哥兒的玉了貼着招帖兒上頭寫着玉的大小式樣顏色說有人檢了送去就給一萬兩銀子送信的還給五千呢賈政雖未聽得如此真切心裡詫異急忙趕回便叫門上的人問起那事來門上的人稟道奴才頭裡也不知道今兒晌午璉二爺傳出老太太的話叫人去貼帖兒纔知道的賈政便嘆氣道家道該衰偏生養這麽一個孽障纔養他的時候滿街的謠言隔了十幾年畧好了些這會子又大張曉諭的找玉成何道理說着忙走進裡頭去問王夫人王夫人便一五一十的告訴賈

政知是老太太的主意又不敢違拗只抱怨王夫人幾句又走出來叫瞞着老太太背地裡揭了這個帖兒下來豈知早有那些遊手好閒的人揭了去了過了些時竟有人到榮府門上口稱送玉來的家人們聽見喜歡的了不得便說拿來我給你回去那人便懷內掏出賞格來指給門上的人瞧說這不是你們府上的帖子寫明送玉的給銀一萬兩二太爺你們這會子瞧我窮回來我得了銀子就是財主了別這麼待理不理的門上人聽他的話頭兒硬便說道你到底畧給我瞧瞧我好給你回那人初到不肯後來聽人說得有理便掏出那玉托在掌中一揚說這是不是衆家人原是在外服役只知有玉也不常見今

日纔看見這玉的模樣兒了急忙跑到裡頭搶頭報的是的那日賈政賈赦出門只有賈璉在家衆人回明賈璉還問真不真門上人口稱親眼見過只是不給奴才要見主子一手交銀一手交玉賈璉却也喜歡忙去稟知王夫人卽便回明賈母把個襲人樂的合掌念佛賈母並不改口一疊連聲快叫璉兒請那人到書房裡坐著將玉取來一看卽便給銀賈璉依言請那人進來當客待他用好言道謝要借這玉送到裡頭本人見了謝銀分厘不短那人只得將一個紅紬子包兒送過去賈璉打開一看可不是那一塊晶瑩美玉嗎賈璉素昔原不理論今日倒要看看了半日上面的字也彷彿認得出來什麼除邪祟等

字賈璉看了喜之不勝便叫家人伺候忙忙的送與賈母王夫人認去這會子驚動了合家的人都等著爭看鳳姐見賈璉進來便劈手奪去不敢先看送到賈母手裡賈璉笑道你這麼一點兒事還不叫我獻功呢賈母打開看時只見那玉比先前昏暗了好些一面用手擦摸鴛鴦拿上眼鏡兒來戴着一瞧說奇怪這塊玉倒是的怎麼把頭裡的寶色都沒了呢王夫人看了一會子也認不出便叫鳳姐過來看鳳姐看了道像倒像只是顏色不大對不如叫寶兄弟自已一看就知道了襲人在旁也看著未必是那一塊只是盼得的心盛也不敢說出不像來鳳姐于是從賈母手中接過來同著襲人拿來給寶玉瞧這時寶

玉正睡着纔醒鳳姐告訴道你的玉有了寶玉睡眼矇矓接在手裡也没瞧便往地下一摔道你們又來哄我了説着只是冷笑鳳姐連忙拾起來道這也就奇了怎麽你没瞧就知道呢寶玉也不答言只管笑王夫人也進屋裡來了見他這樣便道這不用説了他那玉原是胎裡帶來的一宗古怪東西自然他有道理想來這個必是人家見了帖兒照樣兒做的大家此時恍然大悟賈璉在外間屋裡聽見這個話便説道既不是快拿來給我問問他去人家這樣事他還敢來鬼混賈母喝住道璉兒拿了去給他叫他去罷那也是窮極了的人没法兒了所以見我們家有這樣事他就想着賺給個錢也是有的如今白白的

花了錢弄了這個東西又叫偺們認出來了依着我倒别難爲他把這塊玉還他說不是我們的賞給他幾兩銀子外頭的人知道了纔肯有信兒就送來呢要是難爲了這一個人就有真的人家也不敢拿了來了賈璉答應出去那人還等着呢半日不見人來正在那裡心裡發虛只見賈璉氣忿忿走出來了未知如何下回分解

紅樓夢第九十五回終

紅樓夢第九十六回

瞞消息鳳姐設奇謀　洩機關顰兒迷本性

話說賈璉拿了那塊假玉忿忿走出到了書房那個人看見賈璉的氣色不好心裡先發了虛了連忙站起來迎着剛要說話只見賈璉冷笑道好大膽我把你這個混賬東西這裡是什麽地方兒你敢來掉鬼回頭便問小厮們呢外頭轟雷一般幾個小厮齊聲答應賈璉道取繩子去綑起他來等老爺回來回明了把他送到衙門裡去衆小厮又一齊答應預備著呢嘴裡雖如此却不動身那人先自唬的手足無措見這般勢派知道難逃公道只得跪下給賈璉碰頭口口聲聲只叫老太爺别生氣

是我一時窮極無奈纔想出這個沒臉的營生來那玉是我借錢做的我也不敢要了只得孝敬府裡的哥兒頑罷說畢又連連磕頭賈璉啐道你這個不知死活的東西這府裡希罕你的那扔不了的浪東西正鬧着只見賴大進來陪着笑向賈璉道二爺別生氣了靠他算個什麼東西饒了他叫他滾出去罷賈璉道寔在可惡賴大賈璉作好作歹衆人在外頭都說道糊塗狗攮的還不給爺和賴大爺磕頭呢快快的滾罷還等窩心脚呢那人趕忙磕了兩個頭抱頭鼠竄而去從此街上鬧動了賈寶玉弄出假寶玉來且說賈政那日拜客回來衆人因爲燈節底下恐怕賈政生氣已過去的事了便也都不肯回只因元妃

的事忙碌了好些時近日寶玉又病着雖有舊例家宴大家無興也無有可記知事到了正月十七日王夫人正盼王子騰來京只見鳳姐進來回說今日二爺在外聽得有人傳說我們家大老爺赶着進京離城只二百多里地在路上没了太太聽見了没有王夫人吃驚道我没有聽見老爺昨晚也没有說起到底在那裡聽見的鳳姐道說是在樞密張老爺家聽見的王夫人怔了半天那眼淚早流下來了因拭淚說道回來再叫璉兒索性打聽明白了來告訴我鳳姐答應去了王夫人不免暗裡落淚悲女哭弟又爲寶玉躭憂如此連三接二都是不隨意的事那裡擱得住便有些心口疼痛起來又加賈璉打聽明白了

來說道舅太爺是趕路勞乏偶然感冒風寒到了十里屯地方延醫調治無奈這個地方沒有名醫誤用了藥一劑就死了但不知家眷可到了那裡沒有王夫人聽了一陣心酸便心口疼得坐不住叫彩雲等扶了上炕還扎掙著叫賈璉去回了賈政即速收拾行裝迎到那裡帮著料理完畢即刻回來告訴我們好叫裡媳婦兒放心賈璉不敢違拗只得辭了賈政起身賈政早已知道心裡狠不受用又知寶玉失玉已後神志惛憒醫藥無效又值王夫人心疼那年正值京察工部將賈政保列一等二月吏部帶領引見皇上念賈政勤儉謹慎即放了江西糧道即日謝恩已奏明起程日期雖有衆親朋賀喜賈政也無心應

酬只念家中人口不寧又不敢躭延在家正再無計可施只聽見賈母那邊叫請老爺賈政即忙進去看見王夫人帶着病也在那裡便向賈母請了安賈母叫他坐下便說你不日就要赴任我有多少話與你說不知你聽不聽說着掉下淚來賈政忙站起來說道老太太有話只管吩咐兒子怎敢不遵命呢賈母咽哽著說道我今年八十一歲的人了你又要做外任去偏有你大哥在家你又不能告親老你這一去了我所疼的只有寶玉偏偏的又病得糊塗還不知道怎麽樣呢我昨日叫賴升媳婦出去叫人給寶玉算算命這先生算得好靈說要娶了金命的人幫扶他必要冲冲喜纔好不然只怕保不住我知道你不

信那些話所以教你來商量你的媳婦也在這裡你們兩個也商量商量還是要寶玉好呢還是隨他去呢賈政陪笑說道老太太當初疼兒子這麽疼的難道做兒子的就不疼自已的兒子不成麽只爲寶玉不上進所以時常恨他也不過是恨鐵不成鋼的意思老太太既要給他成家這也是該當的豈有逆著老太太不疼他的理如今寶玉病着兒子也是不放心因老太太不叫他見我所以兒子也不敢言語我到底瞧瞧寶玉是個什麽病王夫人見賈政說着也有些眼圈兒紅知道心裡是疼的便叫襲人扶了寶玉來寶玉見了他父親襲人叫他請安他便請了個安賈政見他臉面很瘦目光無神大有瘋傻之狀便

叫人扶了進去便想到自已也是望六的人了如今又放外任不知道幾年回來倘或這孩子果然不好一則年老無嗣雖說有孫子到底隔了一層二則老太太最疼的是寶玉若有差錯可不是我的罪名更重了瞧瞧王夫人一包眼淚又想到他身上復站起來說老太太這麼大年紀想法兒疼孫子做兒子的還敢違拗老太太主意該怎麼便怎麼就是了但只姨太太那邊不知說明白了沒有王夫人便道姨太太是早應了的只爲蟠兒的事沒有結案所以這些時總沒題起賈政又道這就是第一層的難處他哥哥在監裡妹子怎麼出嫁況且貴妃的事雖不禁婚嫁寶玉應照已出嫁的姐姐有九個月的功服此時

也難娶親再者我的起身日期巳經奏明不敢躭擱這幾天怎麽辦呢賈母想了一想說的果然不錯若是等這幾件事過去他父親又走了倘或這病一天重似一天怎麽好只可越些禮辦了纔好想定主意便說道你若給他辦呢我自然有個道理包管都碍不着姨太太那邊我和你媳婦親自過去求他蟠兒那裡我央蝌兒去告訴他說是要救寶玉的命諸事將就自然應的若說服裡娶親當真使不得況且寶玉病着也不可叫他成親不過是沖沖喜我們兩家愿意孩子們又有金玉的道理婚是不用合的了即挑了好日子按着偺們家分兒過了禮趁着挑個娶親日子一概鼓樂不用倒按宮裡的樣子用十二對

提燈一乘八人轎子擡了來照南邊規矩拜了堂一樣坐床撒帳可不是算娶了親了麽寶丫頭心地明白是不用慮的內中又有襲人也還是個妥妥當當的孩子再有個明白人常勸他更好他又和寶丫頭合的來再者姨太太曾說寶丫頭的金鎖也有個和尚說過只等有玉的便是婚姻焉知寶丫頭過來不因金鎖倒招出他那塊玉來也定不得從此一天好似一天豈不是大家的造化這會子只要立刻收拾屋子鋪排起來這屋子是要你派的一槩親友不請也不排筵席待寶玉好了過了功服然後再擺席請人這麽着都趕的上你也看見了他們小兩口兒的事也好放心着去賈政聽了原不願意只是賈母做

主不敢違命勉強陪笑說道老太太想得極是也狠妥當只是要吩咐家下衆人不許吵嚷得裡外皆知這要就不是的姨太太那邊只怕不肯若是果眞應了也只好按着老太太的主意辦去賈母道姨太太那裡有我呢你去罷賈政答應出來心中好不自在因赴任事多部裡領憑親友們薦人種種應酬不絕竟把寶玉的事聽憑賈母交與王夫人鳳姐兒了惟將榮禧堂後身王夫人內屋旁邊一大跨所二十餘間房屋指與寶玉餘者一槩不管賈母定了主意叫人告訴他去賈政只說狠好此是後話且說寶玉見過賈政襲人扶回裡間炕上因賈政在外無人敢與寶玉說話寶玉便昏昏沉沉的睡去賈母與賈政所

說的話寶玉一句也沒有聽見襲人等却靜靜兒的聽得明白頭裡雖也聽得些風聲到底影响只不見寶釵過来却也有些信真今日聽了這些話心裡方纔水落歸漕倒也喜歡心裡想道果然上頭的眼力不錯這纔配的是我也造化若他來了我可以卸了好些擔子但是這一位的心裡只有一個林姑娘幸虧他沒有聽見若知道了又不知要鬧到什麼分兒了襲人想到這裡轉喜為悲心想這件事怎麼好老太太太太那裡知道他們心裡的事一時高興說給他知道原想要他病好若是他還像頭裡的心初見林姑娘便要摔玉砸玉况且那年夏天在園裡把我當作林姑娘說了好些私心話後來因為紫鵑說了

何頑話兒便哭得死去活來若是如今和他說要娶寶姑娘竟把林姑娘撂開除非是他人事不知還可倘或明白些只怕不但不能冲喜竟是催命了我再不把話說明那不是一害三個人了麽襲人想定主意待等賈政出去叫秋紋照看着寶玉便從裡間出來走到王夫人身傍悄悄的請了王夫人到賈母後身屋裡去說話賈母只道是寶玉有話也不理會還在那裡打筭怎麽過禮怎麽娶親那襲人同了王夫人到了後間便跪下哭了王夫人不知何意把手拉着他說好端端的這是怎麽說有什麽委屈起來說襲人道這話奴才是不該說的這會子因爲沒有法兒了王夫人道你慢慢的說襲人道寶玉的親事老

太太太太已定了寶姑娘了自然是極好的一件事只是奴才想着太太看去寶玉和寶姑娘好還是和林姑娘好呢王夫人道他兩個因從小兒在一處所以寶玉和林姑娘又好些襲人道不是好些便將寶玉素與黛玉這些光景一一的說了還說這些事都是太太親眼見的獨是夏天的話我從沒敢和別人說王夫人拉着襲人道我看外面兒已瞧出幾分來了你今兒一說更加是了但是剛纔老爺說的話想必都聽見了你看他的神情兒怎麼樣襲人道如今寶玉若有人和他說話他就笑沒人和他說話他就睡所以頭裏的話這却都沒聽見王夫人道倒是這件事叫人怎麼樣呢襲人道奴才說是說了還得太

太告訴老太太想個萬全的主意纔好王夫人便道既這麼着你去幹你的這時候滿屋子的人暫且不用提起等我瞅空兒回明老太太再作道理說着仍到賈母跟前賈母正在那裡和鳳姐兒商議見王夫人進來便問道襲人丫頭說什麼這麼鬼鬼祟祟的王夫人趁問便將寶玉的心事細細回明賈母賈母聽了半日沒言語王夫人和鳳姐也都不再說了只見賈母歎道別的事都好說林丫頭倒沒有什麼若寶玉真是這樣這可叫人作了難了只見鳳姐想了一想因說道難倒不難只是我想了個主意不知姑媽肯不肯王夫人道你有主意只管說給老太太聽大家娘兒們商量着辦罷了鳳姐道依我想這件事

只有一個掉包兒的法子賈母道怎麽掉包兒鳳姐道如今不管寶兄弟明白不明白大家吵嚷起來說是老爺做主將林姑娘配了他了瞧他的神情兒怎麽樣要是他全不管這個包兒也就不用掉了若是他有些喜歡的意思這事卻要大費周折呢王夫人道就算他喜歡你怎麽樣辦法呢鳳姐走到王夫人耳邊如此這般的說了一遍王夫人點了幾點頭兒笑了一笑說道也罷了賈母便問道你們娘兒兩個搗鬼到底告訴我是怎麽著呀鳳姐恐賈母不懂露洩機關便也向耳邊輕輕告訴了一遍賈母果真一時不懂鳳姐笑著又說了幾句賈母笑道這麽着也好可就只忒苦了寶丫頭了倘或吵嚷出來林丫頭

又怎麽樣呢鳳姐道這個話原只說給寶玉聽外頭一槩不許提起有誰知道呢正說間丫頭傳進話來說璉二爺回來了王夫人恐賈母問及使個眼色與鳳姐鳳姐便出來迎着賈璉撇了個嘴兒同到王夫人屋裏等着去了一會兒王夫人進來已見鳳姐哭的兩眼通紅賈璉請了安將到十里屯料理王子騰的喪事的話說了一遍便說有恩旨賞了內閣的職銜諡了文勤公命本家扶柩回籍着沿途地方官員照料昨日起身連家眷回南去了舅太太叫我回來請安問好說如今想不到不能進京有多少話不能說聽見我大舅子要進京若是路上遇見了便叫他來到偺們這裏細細的說王夫人聽畢其悲痛自不

必言鳳姐勸慰了一番請太太略歇一歇晚上來再商量寶玉的事罷說畢同了賈璉回到自己房中告訴了賈璉叫他派人收拾新房不題一日黛玉早飯後帶着紫鵑到賈母這邊來一則請安二則也爲自己散散悶出了瀟湘館走了幾步忽然想起忘了手絹子來因叫紫鵑回去取來自己卻慢慢的走着等他剛走到沁芳橋那邊山石背後當日同寶玉葬花之處忽聽一個人嗚嗚咽咽在那裡哭黛玉煞住脚聽時又聽不出是誰的聲音也聽不出哭的叨叨的是些什麽話心裡甚是疑惑便慢慢的走去及到了跟前卻見一個濃眉大眼的丫頭在那裡哭呢黛玉未見他時還只疑府裡這些大丫頭有什麽說不出

的心事所以來這裡發洩發洩及至見了這個丫頭却又好笑因想到這種蠢貨有什麼情種自然是那屋裡作粗活的丫頭受了大女孩子的氣了細瞧了一瞧却不認得那丫頭見黛玉來了便也不敢再哭站起來拭眼淚黛玉問道你好好的爲什麼在這裡傷心那丫頭聽了這話又流淚道林姑娘你評評這個理他們說話我又不知道我就說錯了一句話我姐姐也不犯就打我呀黛玉聽了不懂他說的是什麼因笑問道你姐姐是那一個那丫頭道就是珍珠姐姐黛玉聽了纔知他是賈母屋裡的因又問你叫什麼那丫頭道我叫傻大姐兒黛玉笑了一笑又問你姐姐爲什麼打你你說錯了什麼話了那丫頭道

為什麼呢就是為我們寶二爺娶寶姑娘的事情黛玉聽了這句話如同一個疾雷心頭亂跳略定了定神便叫這丫頭你跟了我這裡來那丫頭跟着黛玉到那畸角兒上葬桃花的去處那裡背靜黛玉因問道寶二爺娶寶姑娘他為什麼打你呢傻大姐道我們老太太和太太二奶奶商量了因為我們老爺要起身說就赶着往姨太太商量把寶姑娘娶過來罷頭一宗給寶二爺冲什麼喜第二宗說到這裡又瞅着黛玉笑了一笑纔說道赶着辦了還要給林姑娘說婆婆家呢黛玉已經聽呆了這丫頭只管說道我又不知道他們怎麼商量的不叫人吵嚷怕寶姑娘聽見害臊我白和寶二爺屋裡的襲人姐姐說了一

句偺們明兒更熱鬧了又是寶姑娘又是寶二奶奶這可怎麼
叫呢林姑娘你說我這話害著珍珠姐姐什麼了嗎他走過來
就打了我一個嘴巴說我混說不遵上頭的話要攆出我去我
知道上頭爲什麼不叫言語呢你們又沒告訴我就打我說着
又哭起來那黛玉此時心裡竟是油兒醬兒糖兒醋兒倒在一
處的一般甜苦醋鹹竟說不上什麼味兒來了停了一會兒顫
巍巍的說道你別混說了你再混說叫人聽見又要打你了你
去罷說着自己轉身要回瀟湘館去那身子竟有千百斤重的
兩隻腳却像跴着綿花一般早已軟了只得一步一步慢慢的
走將來走了半天還沒到沁芳橋畔原來腳下軟了走的慢且

又迷迷痴痴信着脚兒從那邊繞過來更添了兩箭地的路這時剛到沁芳橋畔却又不知不覺的順着堤往囘裡走起來紫鵑取了絹子來不見黛玉正在那裡看時只見黛玉顏色雪白身子恍恍蕩蕩的眼睛也直直的在那裡東轉西轉又見一個丫頭往前頭走了離的遠也看不出是那一個來心中驚疑不定只得赶過來輕輕的問道姑娘怎麼又囘去是要往那裡去黛玉也只模糊聽見隨口應道我問問寶玉去紫鵑聽了摸不着頭腦只得攙着他到賈母這邊來黛玉走到賈母門口心裡似覺明晰囘頭看見紫鵑攙着自已便站住了問道你作什麼來的紫鵑陪笑道我找了絹子來了頭裡見姑娘在橋那邊呢

我赶着過去問姑娘姑娘没理會黛玉笑道我打量你來瞧寶二爺來了呢不然怎麽往這裡走呢紫鵑見他心裡迷惑便知黛玉必是聽見那丫頭什麽話來惟有點頭微笑而已只是心裡怕他見了寶玉那一個已經是瘋瘋傻傻這一個又這樣恍恍惚惚一時說出些不大體統的話來那時如何是好心裡雖如此想却也不敢違拗只得攙他進去那黛玉却又奇怪這時不是先前那樣軟了也不用紫鵑打簾子自已掀起簾子進來却是寂然無聲因賈母在屋裡歇中覺丫頭們也有脫滑兒頑去的也有打盹的也有在那裡伺候老太太的倒是襲人聽見簾子响從屋裡出来一看見是黛玉便讓道姑娘屋裡坐罷黛

玉笑着道寶二爺在家麽襲人不知底裡剛要答言只見紫鵑在黛玉身後和他努嘴兒指著黛玉又搖搖手兒襲人不解何意也不敢言語黛玉却也不理會自己走進房來看見寶玉在那裡坐著也不起來讓坐只瞅著嘻嘻的傻笑黛玉自己坐下却也瞅着寶玉笑兩個人也不問好也不說話也無推讓只管對着臉傻笑起來襲人看見這番光景心裡大不得主意只是沒法兒忽然聽着黛玉說道寶玉你爲什麽病了寶玉笑道我爲林姑娘病了襲人紫鵑兩個嚇得面目改色連忙用言語來岔兩個却又不答言仍舊傻笑起來襲人見了這樣知道黛玉此時心中迷惑和寶玉一樣因悄和紫鵑說道姑娘纔好了我

叫秋紋妹妹同着你攙回姑娘歇歇去罷因回頭向秋紋道你和紫鵑姐姐送林姑娘去罷你可別混說話秋紋笑着也不言語便來同着紫鵑攙起黛玉那黛玉也就站起來瞅着寶玉只管笑只管點頭兒紫鵑又催道姑娘回家去歇歇罷黛玉道可不是我這就是回去的時候兒了說着便回身笑着出來了仍舊不用丫頭們攙扶自巳却走得比往常飛快紫鵑秋紋後面赶忙跟著走黛玉出了賈母院門只管一直走去紫鵑連忙攙住叫道姑娘往這麼來黛玉仍是笑着隨了往瀟湘館來離門口不遠紫鵑道阿彌陀佛可到了家了只這一句話沒說完只見黛玉身子往前一栽哇的一聲一口血直吐出來未知性命

如何且聽下回分解

紅樓夢第九十六囘終

紅樓夢第九十七回

林黛玉焚稿斷痴情　薛寶釵出閨成大禮

話說黛玉到瀟湘館門口紫鵑說了一句話更動了心一時吐出血來幾乎暈倒虧了紫鵑還同着秋紋兩個人攙扶着黛玉到屋裡來那時秋紋去後紫鵑雪雁守着見他漸漸甦醒過來問紫鵑道你們守著哭什麽紫鵑見他說話明白倒放了心了因說姑娘剛纔打老太太那邊回來身上覺着不大好唬的我們没了主意所以哭了黛玉笑道我那裡就能殼死呢這一句話没完又喘成一處原來黛玉因今日聽得寶玉寶釵的事情這本是他數年的心病一時急怒所以迷惑了本性及至回來

吐了這一口血心中却漸漸的明白過來把頭裡的事一字也不記得這會子見紫鵑哭了方模糊想起傻大姐的話來此時反不傷心惟求速死以完此債這裡紫鵑雪雁只得守着想要告訴人去怕又像上回招的鳳姐說他們失驚打怪那知秋紋回去神色慌張正值賈母睡起中覺來看見這般光景便問怎麽了秋紋嚇的連忙把剛纔的事回了一遍賈母大驚說這還了得連忙着人叫了王夫人鳳姐過來告訴了他婆媳兩個鳳姐道我都囑咐了這是什麽人走了風了呢這不更是一件難事了嗎賈母道且別管那些先瞧瞧去是怎麽樣了說着便起身帶着王夫人鳳姐等過來看視見黛玉顏色如雪並無一點

血色神氣昏沉氣息微細半日又咳嗽了一陣丫頭遞了痰盒吐出都是痰中帶血的大家都慌了只見黛玉微微睜眼看見賈母在他旁邊便喘吁吁的說道老太太你白疼了我了賈母一聞此言十分難受便道好孩子你養著罷不怕的黛玉微微一笑把眼又閉上了外面丫頭進來回鳳姐道大夫來了于是大家畧避王大夫同着賈璉進來胗了脉說道尚不妨事這是欝氣傷肝肝不藏血所以神氣不定如今要用歛陰止血的藥方可望好王大夫說完同着賈璉出去開方取藥去了賈母看黛玉神氣不好便出來告訴鳳姐等道我看這孩子的病不是我咒他只怕難好他們也該替他預備預備冲一冲或者好了

豈不是大家省心就是怎麽樣也不至臨時忙亂偺們家裡這兩天正有事呢鳳姐兒答應了賈母又問了紫鵑一回到底不知是那個說的賈母心裡只是納悶因說孩子們從小兒在一處兒頑好些是有的如今大了懂的人事就該要分別些纔是做女孩兒的本分我纔心裡疼他若是他心裡有別的想頭成了什麽人了呢我可是白疼了他了你們說了我到有些不放心因回到房中又叫襲人來問襲人仍將前日回王夫人的話並方纔黛玉的光景述了一遍賈母道我方纔看他却還不至糊塗這個理我就不明白了偺們這種人家別的事自然沒有的這心病也是斷斷有不得的林丫頭若不是這個病呢我憑

着花多少錢都使得就是這個病不但治不好我也沒心腸了鳳姐道林妹妹的事老太太倒不必張邏橫豎有他二哥哥天天同着大夫瞧倒是姑媽那邊的事要緊今兒早起聽見說房子不差什麽就妥當了竟是老太太太太到姑媽那邊去我也跟了去商量商量就只一件姑媽家裡有寶妹妹在那裡難以說話不如索性請姑媽晚上過來偺們一夜都說結了就好辦了賈母王夫人都道你說的是今兒晚了明兒飯後偺們娘兒們就過去說着賈母用了晚飯鳳姐同王夫人各自歸房不提

且說次日鳳姐吃了早飯過來便要試試寶玉走進屋裡說道寶兄弟大喜老爺已擇了吉日要給你娶親了你喜歡不喜歡

寶玉聽了只管瞅着鳳姐笑微微的點點頭兒鳳姐笑道給你娶林妹妹過來好不好寶玉却大笑起來鳳姐看着也斷不透他是明白是糊塗因又問道老爺說你好了就給你娶林妹妹呢若還是這麼傻就不給你娶了寶玉忽然正色道我不傻你纔傻呢說着便站起來說我去瞧瞧林妹妹叫他放心鳳姐忙扶住了說林妹妹早知道了他如今要做新媳婦了自然害羞不肯見你的寶玉道娶過來他到底是見我不見鳳姐又好笑又著忙心想想襲人的話不差提到林妹妹雖說仍舊說些瘋話却覺得明白些若真明白了將來不是林姑娘打破了這個燈虎兒那饑荒纔難打呢便忍笑說道你好好兒的便見你若

是瘋瘋顛顛的他就不見你了寶玉說道我有一個心前兒已交給林妹妹了他要過來橫豎給我帶來還放在我肚子裡頭鳳姐聽着竟是瘋話便出來看着賈母笑賈母聽了又是笑又是疼說道我早聽見了如今且不用理他叫襲人好好的安慰他咱們走罷說着王夫人也來大家到了薛姨媽那裡只說惦記着這邊的事來瞧瞧薛姨媽感激不盡說些薛蟠的話喝了茶薛姨媽要叫人告訴寶釵鳳姐連忙攔住說姑媽不必告訴寶妹妹又向薛姨媽陪笑說道老太太此來一則為瞧姑媽二則也有何要緊的話特請姑媽到那邊商議薛姨媽聽了點點頭兒說是了也是大家又說些閒話便回來了今晚薛姨媽果

然過來見過了賈母到王夫人屋裡來不免說起王子騰來大家落了一回淚薛姨媽便問道剛纔我到老太太那裡寶哥兒出來請安還好好兒的不過畧瘦些怎麽你們說得很利害鳳姐便道其實也不怎麽這只是老太太懸心目今老爺又要起身外任去不知幾年纔來老太太的意思頭一件叫老爺看著寶兄弟成了家也放心二則也給寶兄弟冲冲喜借大妹妹的金鎖壓壓邪氣只怕就好了薛姨媽心裡也愿意只慮着寶釵委屈說道也使得只是大家還要從長計較計較纔好王夫人便按着鳳姐的話和薛姨媽說只說姨太太這會子家裡沒人不如把粧奩一槪蠲免明日就打發蝌兒告訴蟠兒一面這裡

過門一面給他變法兒撕擄官事並不提寶玉的心事又說姨太太既作了親娶過來早好一天大家早放一天心正說著只見賈母差鴛鴦過來候信薛姨媽雖恐寶釵委屈然也沒法兒又見這般光景只得滿口應承鴛鴦回去回了賈母賈母也甚喜歡又叫鴛鴦過來求薛姨媽和寶釵說明原故不叫他受委屈薛姨媽也答應了便議定鳳姐夫婦作媒人大家散了王夫人姊妹不免又叙了半夜的話兒次日薛姨媽回家將這邊的話細細的告訴了寶釵還說我已經應承了寶釵始則低頭不語後來便自垂淚薛姨媽用好言勸慰解釋了好些話寶釵自回房內寶琴隨去解悶薛姨媽又告訴了薛蝌叫他明日起身

一則打聽審詳的事一則告訴你哥哥一個信兒你即便回來薛蝌去了四日便回來回覆薛姨媽道哥哥的事上司已經准了誤殺一過堂就要題本了叫咱們預備贖罪的銀子妹妹的事說媽媽做主狠好的赶着辦又省了好些銀子叫媽媽不用等我該怎麼着就怎麼辦罷薛姨媽聽了一則薛蟠可以回家二則完了寶釵的事心裡安頓了好些便是看着寶釵心裡好像不願意似的雖是這樣他是女兒家素來也孝順守禮的人知我應了他也沒得說的便叫薛蝌辦泥金庚帖填上八字即叫人送到璉二爺那邊去還問了過禮的日子來你好預備本來咱們不驚動親友哥哥的朋友是你說的都是混賬人親戚

呢就是賈王兩家如今賈家是男家王家無人在京裡史姑娘放定的事他家沒有來請偺們偺們也不用通知倒是把張德輝請了來托他照料些他上幾歲年紀的人到底懂事薛蝌領命叫人送帖過去次日賈璉過來見了薛姨媽請了安便說明日就是上好的日子今日過來聞姨太太就是明日過禮罷只求姨太太不要挑飭就是了說着捧過通書來薛姨媽也謙遜了幾句點頭應允賈璉赶着囘去囘明賈政賈政便道你囘老太太說既不叫親友們知道諸事寧可簡便些若是東西上請老太太瞧了就是了不必告訴我賈璉答應進內將話囘明賈母這裡王夫人叫了鳳姐命人將過禮的物件都送與賈母過

回來叫襲人告訴寶玉那寶玉又嘻嘻的笑道這裏送到園裏回來園裏又送到這裏偺們的人送偺們的人收何苦來呢賈母王夫人聽了都喜歡道說他糊塗他今日怎麽這麽明白呢鴛鴦等忍不住好笑只得上來一件一件的點明給賈母瞧說這是金項圈這是金珠首飾共八十件這是粧蟒四十疋這是各色紬緞一百二十疋這是四季的衣服共一百二十件外面也沒有預備羊酒這是折羊酒的銀子賈母看了都說好輕輕的與鳳姐說道你去告訴姨太太說不是虛禮求姨太太等蟠兒出來慢慢的叫人給他妹妹做來就是了那好日子的被褥還是偺們這裏代辦了罷鳳姐答應出來叫賈璉先過去又叫

周瑞旺兒等吩咐他們不必走大門只從園裡從前開的便門內送去我也就過去這門離瀟湘館還遠倘別處的人見了囑咐他們不用在瀟湘館裡提起眾人答應着送禮而去寶玉認以為真心裡大樂精神便覺的好些只是語言總有些瘋傻那過禮的回來都不提名說姓因此上下人等雖都知道只因鳳姐吩咐都不敢走漏風聲且說黛玉雖然服藥這病日重一日紫鵑等在旁苦勸說道事情到了這個分兒不得不說了姑娘的心事我們也都知道至於意外之事是再沒有的姑娘不信只拿寶玉的身子說起這樣大病怎麼做得親呢姑娘別聽瞎話自已安心保重纔好黛玉微笑一笑也不答言又咳嗽數聲

吐出好些血來紫鵑等看去只有一息奄奄明知勸不過來惟有守著流淚天天三四趟去告訴賈母鴛鴦測度賈母近日比前疼黛玉的心差了些所以不常去回況賈母這幾日的心都在寶釵寶玉身上不見黛玉的信兒也不大提起只請太醫調治罷了黛玉向來病着自賈母起直到姊妹們的下人常來問候今見賈府中上下人等都不過來連一個問的人都沒有睜開眼只有紫鵑一人自料萬無生理因扎掙著向紫鵑說道妹妹你是我最知心的雖是老太太派你伏侍我這几年我拿你就當作我的親妹妹說到這裡氣又接不上來紫鵑聽了一陣心酸早哭得說不出話來遲了半日黛玉又一面喘一面說道

紫鵑妹妹我躺着不受用你扶起我來靠着坐坐纔好紫鵑道姑娘的身上不大好起來又要抖摟着了黛玉聽了閉上眼不言語了一時又要起來紫鵑沒法只得同雪雁把他扶起兩邊用軟枕靠住自己却倚在旁邊黛玉那裏坐得住下身自覺硌的疼狠命的掌着叫過雪雁來道我的詩本子說着又喘雪雁料是要他前日所理的詩稿因找來送到黛玉跟前黛玉點點頭兒又抬眼看那箱子雪雁不解只是發怔黛玉氣的兩眼直瞪又咳嗽起來又吐了一口血雪雁連忙回身取了水來黛玉嗽了吐在盂內紫鵑用絹子給他拭了嘴黛玉便拿那絹子指着箱子又喘成一處說不上來閉了眼紫鵑道姑娘歪歪兒罷

黛玉又搖搖頭兒紫鵑料是要絹子便叫雪雁開箱拿出一塊白綾絹子來黛玉瞧了撂在一邊使勁說道有字的紫鵑這纔明白過來要那塊題詩的舊帕只得叫雪雁拿出來遞給黛玉紫鵑勸道姑娘歇歇兒罷何苦又勞神等好了再瞧罷只見黛玉接到手裏也不瞧扎挣着伸出那隻手來狠命的撕那絹子却是只有打顫的分兒那裏撕得動紫鵑早已知他是恨寶玉却也不敢說破只說姑娘何苦自己又生氣黛玉微微的點頭便掖在袖裏說叫點燈雪雁答應連忙點上燈來黛玉瞧瞧又閉上眼坐着喘了一會子又道籠上火盆紫鵑打諒他冷因說道姑娘躺下多蓋一件罷那炭氣只怕躭不住黛玉又搖頭兒

雪雁只得籠上擱在地下火盆架上黛玉點頭意思叫挪到炕上來雪雁只得端上來出去拿那張火盆炕桌那黛玉却又把身子欠起紫鵑只得兩隻手來扶着他黛玉這纔將方纔的絹子拿在手中瞅着那火點點頭兒往上一撂紫鵑唬了一跳欲要搶時兩隻手却不敢動雪雁又出去拿火盆桌子此時那絹子已經燒着了紫鵑勸道姑娘這是怎麼說呢黛玉只作不聞回手又把那詩稿拿起來瞧了瞧又撂下了紫鵑怕他也要燒連忙將身倚住黛玉騰出手來拿時黛玉又早拾起撂在火上此時紫鵑却彀不着乾急雪雁正拿進桌子來看見黛玉一撂不知何物赶忙搶時那紙沾火就着如何能彀少待早已烘烘

的着了雪雁也顧不得燒手從火裡抓起來撂在地下亂踹却已燒得所餘無幾了那黛玉把眼一閉往後一仰幾乎不曾把紫鵑壓倒紫鵑連忙叫雪雁上來將黛玉扶着放倒心裡突突的亂跳欲要叫人時天又晚了欲不叫人時自巳同着雪雁和鸚哥等幾個小丫頭又怕一時有什麽原故好容易熬了一夜到了次日早起覺黛玉又緩過一點兒來飯後忽然又嗽又吐又緊起來紫鵑看著不好了連忙將雪雁等都叫進來看守自巳却來回賈母那知到了賈母上房靜悄悄的只有兩三個老媽媽和幾個做粗活的丫頭在那裡看屋子呢紫鵑因問道老太太呢那些人都說不知道紫鵑聽這話詫異遂到寶玉屋裡

去看竟也無人遂問屋裡的丫頭也說不知紫鵑已知八九但這些人怎麼竟這樣狠毒冷淡又想到黛玉這幾天竟連一個人問的也沒有越想越悲索性激起一腔悶氣來一扭身便出來了自已想了一想今日倒要看看寶玉是何形狀看他見了我怎麼樣過的去那一年我說了一句謊話他就急病了今日竟公然做出這件事來可知天下男子之心真真是冰寒雪冷令人切齒的一面走一面想早已來到怡紅院只見院門虛掩裡面却又寂靜的狠紫鵑忽然想到他要娶親自然是有新屋子的但不知他這新屋子在何處正在那裡徘徊瞻顧看見墨雨飛跑紫鵑便叫住他墨雨過來笑嘻嘻的道姐姐到這裡做

什麽紫鵑道我聽見寶二爺娶親我要來看看熱鬧兒誰知不在這裡也不知是幾兒墨雨悄悄的道我這話只告訴姐姐你可别告訴雪雁他們上頭吩咐了連你們都不叫知道呢就是今日夜裡娶那裡是在這裡老爺派璉二爺另收拾了房子了說着又問姐姐有什麽事麽紫鵑道没什麽事你去罷墨雨仍舊飛跑去了紫鵑自已發了一回獃忽然想起黛玉來這時候還不知是死是活因兩淚汪汪咬着牙發狠道寶玉我看他明兒死了你算是躲的過不見了你過了你那如心如意的事兒拿什麽臉來見我一面哭一面走嗚嗚咽咽的自回去了還未到瀟湘館只見兩個小丫頭在門裡往外探頭探腦的一眼看

見紫鵑那一個便嚷道那不是紫鵑姐姐来了嗎紫鵑知道不好了連忙擺手兒不叫嚷赶忙進来看時只見黛玉肝火上炎兩顴紅赤紫鵑覺得不妥叫了黛玉的奶媽王奶奶來一看他便大哭起來這紫鵑因王奶媽有些年紀可以仗個胆兒誰知竟是個没主意的人反倒把紫鵑弄的心裡七上八下忽然想起一個人來便命小丫頭急忙去請你道是誰原來紫鵑想起李宮裁是個孀居今日寶玉結親他自然廻避況且園中諸事向係李紈料理所以打發人去請他李紈正在那裡給賈蘭改詩冒冒失失的見一個丫頭進來回說大奶奶只怕林姑娘不好了那裡都哭呢李紈聽了唬了一大跳也不及問了連忙站

起身來便走素雲碧月跟著一頭走着一頭落淚想著姐妹在一處一場更兼他那容貌才情真是寡二少雙惟有青女素娥可以髣髴一二竟這樣小小的年紀就作了北邙鄉女偏偏鳳姐想出一條偷梁換柱之計自己也不好過瀟湘館來竟未能少盡姊妹之情真真可憐可歎一頭想着已走到瀟湘館的門口裡面却又寂然無聲李紈倒着起忙來想來必是已死都哭過了那衣衾粧裹未知妥當了沒有連忙三步兩步走進屋子來裡間門口一個小丫頭已經看見便說大奶奶來了紫鵑忙往外走和李紈走了個對面李紈忙問怎麼樣紫鵑欲說話時惟有喉中哽咽的分兒却一字說不出那眼淚一似斷線珍珠

一般祇將一隻手回過去指著黛玉李紈看了紫鵑這般光景更覺心酸也不再問連忙走過來看時那黛玉已不能言李紈輕輕叫了兩聲黛玉却還微微的開眼似有知識之狀但只眼皮嘴唇微有動意口内尚有出入之息却要一句話一點淚也沒有了李紈回身見紫鵑不在跟前便問雪雁雪雁道他在外頭屋裡呢李紈連忙出來只見紫鵑在外間空床上躺着顔色青黃閉了眼只管流淚那鼻涕眼淚把一個砌花錦邊的褥子已濕了碗大的一片李紈連忙喚他那紫鵑纔慢慢的睜開眼欠起身來李紈道傻丫頭這是什麽時候且只顧哭你的林姑娘的衣衾還不拿出來給他換上還等多早晚呢難道他個女

孩兒家你還叫他失身露體精着來光着去嗎紫鵑聽了這句話一發止不住痛哭起來李紈一面也哭一面着急一面拭淚一面拍着紫鵑的肩膀說好孩子你把我的心都哭亂了快著收拾他的東西罷再遲一會子就了不得了正鬧著外邊一個人慌慌張張跑進來倒把李紈唬了一跳看時却是平兒跑進來看見這樣只是獃磕磕的發怔李紈道你這會子不在那邊做什麽來了說着林之孝家的也進來了平兒道奶奶不放心叫來瞧瞧既有大奶奶在這裡我們奶奶就只顧那一頭兒了李紈點點頭兒平兒道我也見見林姑娘說着一面往裡走一面早已流下淚來這裡李紈因和林之孝家的道你來的正好

快出去瞧瞧去告訴管事的預備林姑娘的後事妥當了叫他來回我不用到那邊去林之孝家的答應了還站着李紈道還有什麼話呢林之孝家的道剛纔二奶奶和老太太商量了那邊用紫鵑姑娘使喚使喚呢李紈還未答言只見紫鵑道林奶奶你先請罷等着人死了我們自然是出去的那裡用這麼說到這裡却又不好說了因又改說道況且我們在這裡守着病人身上也不潔淨林姑娘還有氣兒呢不時的叫我李紈在旁解說道當真的林姑娘和這丫頭也是前世的緣法兒倒是雪雁是他南邊帶來的他倒不理會惟有紫鵑我看他兩個一時也離不開林之孝家的頭裡聽了紫鵑的話未免不受用被李

紈這一番話却也沒有說的了又見紫鵑哭的淚人一般只好瞅着他微微的笑說道紫鵑姑娘這些閒話倒不要緊只是你却說得我可怎麼回老太太呢况且這話是告訴得二奶奶的嗎正說着平兒擦着眼淚出來道告訴二奶奶什麼事林之孝家的將方纔的話說了一遍平兒低了一回頭說這麼著罷就叫雪姑娘去罷李紈道他使得嗎平兒走到李紈耳邊說了幾句李紈點點頭兒道既是著麼着就叫雪雁過去也是一樣的林之孝家的因問平兒道雪姑娘使得嗎平兒道使得都是一樣林家的道那麼着姑娘就快叫雪姑娘跟了我去我先回了老太太和二奶奶這可是大奶奶和姑娘的主意回來姑娘再

各自回二奶奶去李紈道是了你這麼大年紀連這麼點子事還不就呢林家的笑道不是不就頭一宗這件事老太太和二奶奶辦事我們都不能很明白再者又有大奶奶和平姑娘呢說着平兒已叫了雪雁出來原來雪雁因這几日黛玉嫌他小孩子家懂得什麼便也把心冷淡了況且聽是老太太和二奶奶叫也不敢不去連忙收拾了頭平兒叫他換了新鮮衣服跟着林家的去了隨後平兒又和李紈說了几句話李紈又囑咐平兒打那麼催着林家的叫他男人快辦了來平兒答應著出來轉了個灣子看見林家的帶着雪雁在前頭走呢赶忙叫住道我帶了他去罷你先告訴林大爺辦林姑娘的東西去罷奶

奶那裡我替回就是了那林家的答應着去了這裡平兒帶了雪雁到了新房子裡回明了自去辦事却說雪雁看見這個光景想起他家姑娘也未免傷心只是在賈母鳳姐跟前不敢露出因又想道也不知用我作什麼我且瞧瞧寶玉一日家和我們姑娘好的蜜裡調油這時候總不見面了也不知是真病假病只怕是怕我們姑娘惱假說丟了玉粧出傻子樣兒來叫那一位寒了心他好娶寶姑娘的意思我索性看看他看他見了我傻不傻難道今兒還粧傻麽一面想着已溜到裡間屋子門口偷偷兒的瞧這時寶玉雖因失玉昏憒但只聽見娶了黛玉爲妻真乃是從古至今天上人間第一件暢心滿意的事了那

身子頓覺健旺起來秖不過不似從前那般靈透所以鳳姐的妙計百發百中巴不得就見黛玉盼到今日完姻真樂的手舞足蹈雖有几句傻話却與病時光景大相懸絕了雪雁看了又是生氣又是傷心他那裡曉得寶玉的心事便各自走開這裡寶玉便叫襲人快快給他裝新坐在王夫人屋裡看見鳳姐尤氏忙忙碌碌再盼不到吉時只管問襲人道林妹妹打園裡來爲什麽這麽費事還不來襲人忍着笑道等好時辰呢又聽見鳳姐和王夫人說道雖然有服外頭不用鼓樂咱們家的規矩要拜堂的冷清清的使不的我傳了家裡學過音樂管過戲的那些女人來吹打着熱鬧些王夫人點頭說使得一時大轎從

大門進來家裡細樂迎出去十二對宮燈排着進來倒也新鮮雅致儐相請了新人出轎寶玉見喜娘披着紅扶着新人幪着蓋頭下首扶新人的你道是誰原來就是雪雁寶玉看見雪雁猶想因何紫鵑不來倒是他呢又想道是了雪雁原是他南邊家裡帶來的紫鵑是我們家的自然不必帶來因此見了雪雁竟如見了黛玉的一般歡喜儐相喝禮拜了天地請出賈母受了四拜後請賈政夫婦等登堂行禮畢送入洞房還有坐帳等事俱是按本府舊例不必細說賈政原爲賈母作主不敢違拗不信冲喜之說那知今日寶玉居然像個好人賈政見了倒也喜歡那新人坐了帳就要揭蓋頭的鳳姐早已防備請了賈母

王夫人等進去照應寶玉此時到底有些傻氣便走到新人跟前說道妹妹身上好了好些天不見了盖着這勞什子做什麽欲待要揭去反把賈政急出一身冷汗來寶玉又轉念一想道林妹妹是愛生氣的不可造次了又歇了一歇仍是按捺不住只得上前揭了蓋頭喜娘接去雪雁走開鶯兒上来伺候寶玉睜眼一看好像是寶釵心中不信自巳一手持燈一手擦眼一看可不是寶釵麽只見他盛妝艶服豐肩愞體鬟低鬢嚲眼瞤息微論雅淡似荷粉露垂看嬌羞真是杏花烟潤了寶玉發了一回怔又見鶯兒立在傍邊不見了雪雁此時心無主意自巳反以爲是夢中了呆呆的只管站著衆人接過燈去扶着坐下

兩眼直視半語全無賈母恐他病發親自過來招呼着鳳姐尤氏請了寶釵進入裡間坐下寶釵此時自然是低頭不語寶玉定了一回神見賈母王夫人坐在那邊便輕輕的叫襲人道我是在那裡呢這不是做夢麼襲人道你今日好日子什麼夢不夢的混說老爺可在外頭呢寶玉悄悄的拿手指着道坐在那裡的這一位美人兒是誰襲人握了自己的嘴笑的說不出話來半日纔說道那是新娶的二奶奶衆人也都回過頭去忍不住的笑寶玉又道好糊塗你說二奶奶到底是誰襲人道寶姑娘寶玉道林姑娘呢襲人道老爺作主娶的是寶姑娘怎麼混說起林姑娘來寶玉道我纔剛看見林姑娘了麼還有雪雁呢

怎麽說沒有你們這都是做什麽頑呢鳳姐便走上來輕輕的說道寶姑娘在屋裡坐着呢別混說回來得罪了他老太太不依的寶玉聽了這會子糊塗的更利害了本來原有昏憒的病加以今夜神出鬼沒更叫他不得主意便也不顧別的口口聲聲只要找林妹妹去賈母等上前安慰無奈他只是不懂又有寶釵在內又不好明說知寶玉舊病復發也不講明只得滿屋裡點起安息香來定住他的神魂扶他睡下衆人鴉雀無聞停了片時寶玉便昏沉睡去賈母等纔得畧畧放心只好坐以待旦叫鳳姐去請寶釵安歇寶釵置若罔聞也便和衣在內暫歇賈政在外未知內裡原由只就方纔眼見的光景想來心下倒

放寬了恰是明日就是起程的吉日略歇了一歇衆人賀喜送行賈母見寶玉睡着也回房去暫歇次早賈政辭了宗祠過來拜別賈母禀稱不孝遠離惟願老太太順時頤養兒子一到任所卽修禀請安不必掛念寶玉的事已經依了老太太完結只求老太太訓誨賈母恐賈政在路不放心並不將寶玉復病的話說起只說我有一句話寶玉昨夜完姻並不是同房今日你起身必該叫他遠送纔是但他因病冲喜如今纔好些又是昨日一天勞乏出來恐怕着了風故此問你你叫他送呢卽刻去叫他你若疼他就叫人帶了他來你見見叫他給你磕個頭就算了賈政道叫他送什麼只要他從此已後認眞念書比送我

還喜歡呢賈母聽了又放了一條心便叫賈政坐着叫鴛鴦去如此如此帶了寶玉叫襲人跟着來鴛鴦去了不多一會果然寶玉來了仍是叫他行禮他便行禮只可喜此時寶玉見了父親神志畧斂些片時清楚也沒什麼大差賈政吩咐了幾句寶玉答應了賈政叫人扶他回去了自己回到王夫人房中又切寔的叫王夫人管教兒子斷不可如前驕縱明年鄉試務必叫他下場王夫人一一的聽了也沒提起別的即忙命人攙扶着寶釵過來行了新婦送行之禮也不出房其餘內眷俱送至二門而回賈珍等也受了一番訓飭大家舉酒送行一班子弟及晚輩親友直送至十里長亭而別不言賈政起程赴任且說寶

玉回來舊病陡發更加昏憒連飲食也不能進了未知性命如
何且看下回分解

紅樓夢第九十七回終

紅樓夢第九十八回

苦絳珠魂歸離恨天　病神瑛淚灑相思地

話說寶玉見了賈政回至房中更覺頭昏腦悶懶待動彈連飯也沒吃便昏沉睡去仍舊延醫胗治服藥不效索性連人也認不明白了大家扶着他坐起來還是像個好人一連鬧了幾天那日恰是回九之期說是若不過去薛姨媽臉上過不去若說去呢寶玉這般光景明知是爲黛玉而起欲要告訴明白又恐氣急生變寶釵是新媳婦又難勸慰必得姨媽過來纔好若不回九姨媽嗔怪便與王夫人鳳姐商議道我看寶玉竟是魂不守舍起動是不怕的用兩乘小轎叫人扶着從園裏過去應了

回九的吉期已後請姨媽過來安慰寶釵咱們一心一計的調治寶玉可不兩全王夫人答應了即刻預備幸虧寶釵是新媳婦寶玉是個瘋傻的由人掇弄過去了寶釵也明知其事心裡只怨母親辦得糊塗事已至此不肯多言獨有薛姨媽看見寶玉這般光景心裡懊悔只得草草完事回家寶玉越加沉重次日連起坐都不能了日重一日甚至湯水不進薛姨媽等忙了手脚各處遍請名醫皆不識病源只有城外破寺中住着個窮醫姓畢別號知菴的胗得病源是悲喜激射冷煖失調飲食失時憂忿滯中正氣壅閉此內傷外感之症于是度量用藥至晚服了二更後果然省些人事便要喝水賈母王夫人等纔放了

心講了薛姨媽帶了寶釵都到賈母那裡暫且歇息寶玉片時清楚自料難保見諸人散後房中只有襲人因喚襲人至跟前拉着手哭道我問你寶姐姐怎麼來的我記得老爺給我娶了林妹妹過來怎麼叫寶姐姐赶出去了他爲什麼霸佔住在這裡我要說呢又恐怕得罪了他你們聽見林妹妹哭的怎麼樣了襲人不敢明說只得說道林姑娘病著呢寶玉又道我瞧瞧他去說着要起來那知連日飲食不進身子豈能動轉便哭道我要死了我有一句心裡的話只求你回明老太太橫豎林妹妹也是要死的我如今也不能保兩處兩個病人都要死的死了越發難張羅不如騰一處空房子趁早把我和林妹妹兩個

抬在那裡活着也好一處醫治伏侍死了也好一處停放你依我這話不枉了幾年的情分襲人聽了這些話又急又笑又痛寶釵恰好同着鶯兒過來也聽見了便說道你放着病不保養何苦說這些不吉利的話呢老太太纔安慰了些你又生出事来老太太一生疼你一個如今八十多歲的人了雖不圖你的誥封將来你成了人老太太也看着樂一天也不枉了老人家的苦心太太更是不必說了一生的心血精神撫養了你這一個兒子若是半途死了太太將来怎麼樣呢我雖是薄命也不至於此據此三件看来你就要死那天也不容你死的所以你是不能死的只管安穩着養個四五天後風邪散了太和正氣

一足自然這些邪病都沒有了寶玉聽了竟是無言可答半晌方纔嘻嘻的笑道你是好些時不和我說話了這會子說這些大道理的話給誰聽寶釵聽了這話便又說道實告訴你說罷那兩日你不知人事的時候林妹妹已經亡故了寶玉忽然坐起大聲咤異道果真死了嗎寶釵道果真死了豈有紅口白舌咒人死的呢老太太太太知道你姐妹和睦你聽見他死了自然你也要死所以不肯告訴你寶玉聽了不禁放聲大哭倒在床上忽然眼前漆黑辨不出方向心中正自恍惚只見眼前好像有人走來寶玉茫然問道借問此是何處那人道此陰司泉路你壽未終何故至此寶玉道適聞有一故人已死遂尋訪至

此不覺迷途那人道故人是誰寶玉道姑蘇林黛玉那人冷笑道林黛玉生不同人死不同鬼無魂無魄何處尋訪凡人魂魄聚而成形散而爲氣生前聚之死則散焉常人尚無可尋訪何況林黛玉呢汝快回去罷寶玉聽了呆了半晌道既云死者散也又如何有這個陰司呢那人冷笑道那陰司說有便有說無就無皆爲世俗溺於生死之說設言以警世便道上天深怒愚人或不守分安常或生祿未終自行夭折或嗜淫慾尚氣逞凶無故自殞者特設此地獄囚其魂魄受無邊的苦以償生前之罪汝尋黛玉是無故自陷也且黛玉已歸太虛幻境汝若有心尋訪潛心脩養自然有時相見如不安生即以自行夭折之罪

囚禁陰司除父母之外圖一見黛玉終不能矣那人說畢袖中取出一石向寶玉心口擲來寶玉聽了這話又被這石子打着心窩嚇的即欲回家只恨迷了道路正在躊躇忽聽那邊有人喚他回首看時不是別人正是賈母王夫人寶釵襲人等圍繞哭泣叫着自己仍舊躺在床上見案上紅燈窗前皓月依然錦綉叢中繁華世界定神一想原來竟是一場大夢渾身冷汗覺得心內淸爽仔細一想眞正無可奈何不過長嘆數聲起初寶釵早知黛玉已死因賈母等不許衆人告訴寶玉知道恐添病難治自己却深知寶玉之病實因黛玉而起失玉次之故趁勢說明使其一痛決絕神魂一歸庶可療治賈母王夫人等不知

寶釵的用意深怪他造次後來見寶玉醒了過來方纔放心立刻到外書房請了畢大夫進來診視那大夫進來診了脉便道奇怪這回脉氣沉靜神安欝散明日進調理的藥就可以望好了說着出去衆人各自安心散去襲人起初深恐寶釵不該告訴惟是口中不好說出鶯兒背地也說寶釵道姑娘忒性急了寶釵道你知道什麽好歹橫豎有我呢那寶釵任人誹謗並不介意只窺察寶玉心病暗下針砭一日寶玉漸覺神志安定雖一時想起黛玉尚有糊塗更有襲人緩緩的將老爺選定的寶姑娘爲人和厚嫌林姑娘秉性古怪原恐早夭老太太恐你不知好歹病中着急所以叫雪雁過來哄你的話時常勸解寶玉

終是心酸落淚欲待尋死又想着夢中之言又恐老太太太太生氣又不得撩開又想黛玉已死寶釵又是第一等人物方信金石姻緣有定自己也解了好些寶釵看來不妨大事于是自己心也安了只在賈母王夫人等前盡行過家庭之禮後便設法以釋寶玉之憂寶玉雖不能時常坐起亦常見寶釵坐在床前禁不住生來舊病寶釵每以正言解勸以養身要緊你我既爲夫婦豈在一時之語安慰他那寶玉心裡雖不順遂無奈日裡賈母王夫人及薛姨媽等輪流相伴夜間寶釵獨去安寢賈母又派人服侍只得安心靜養又見寶釵舉動溫柔就也漸漸的將愛慕黛玉的心腸略移在寶釵身上此是後話却說寶玉

成家的那一日黛玉白日已經昏暈過去却心頭口中一絲微氣不斷把個李紈和紫鵑哭的死去活來到了晚間黛玉却又緩過來了微微睜開眼似有要水要湯的光景此時雪雁已去只有紫鵑和李紈在傍紫鵑便端了一盞桂圓湯和的梨汁用小銀匙灌了兩三匙黛玉閉著眼靜養了一會子覺得心裡似明似暗的此時李紈見黛玉畧緩明知是迴光返照的光景却料着還有一半天耐頭自巳叫到稻香村料理了一回事情這裡黛玉睜開眼一看只有紫鵑和奶媽並幾個小丫頭在那裡便一手攥了紫鵑的手使着勁說道我是不中用的人了你伏侍我幾年我原指望偺們兩個總在一處不想我說着又喘了

一會子閉了眼歇著紫鵑見他攥着不肯鬆手自巳也不敢挪動看他的光景比早半天好些只當還可以同轉聽了這話又寒了半截半天黛玉又說道妹妹我這裡並沒親人我的身子是干凈的你好歹叫他們送我囘去說到這裡又閉了眼不言語了那手腳漸漸緊了喘成一處只是出氣大入氣小巳經促疾的狠了紫鵑忙了連忙叫人請李紈可巧探春來了紫鵑見了忙悄悄的說道三姑娘瞧瞧林姑娘罷說着淚如雨下探春過來摸了摸黛玉的手巳經凉了連目光也都散了探春紫鵑正哭着叫人端水來給黛玉擦洗李紈赶忙進来了三個人纔見了不及說話剛擦着猛聽黛玉直聲叫道寶玉寶玉你好說

到好字便渾身冷汗不作聲了紫鵑等急忙扶住那汗愈出身子便漸漸的冷了探春李紈叫人亂着攏頭穿衣只見黛玉兩眼一翻嗚呼

香魂一縷隨風散　愁緒三更入夢遙

當時黛玉氣絕正是寶玉娶寶釵的這個時辰紫鵑等都大哭起來李紈探春想他素日的可疼今日更加可憐便也傷心痛哭因瀟湘館離新房子甚遠所以那邊並沒聽見一時大家痛哭了一陣只聽得遠遠一陣音樂之聲側耳一聽却又沒有了探春李紈走出院外再聽時惟有竹稍風動月影移墻好不淒凉冷淡一時叫了林之孝家的過來將黛玉停放畢派人看守

等明早去回鳳姐鳳姐因見賈母王夫人等忙亂賈政起身又爲寶玉惛憒更甚正在着急異常之時若是又將黛玉的兇信回了恐賈母王夫人愁苦交加急出病來只得親自到園裡瀟湘館內也不免哭了一場見了李紈探春知道諸事齊備就說很好只是剛纔你們爲什麼不言語叫我着急探春道剛纔送老爺怎麼說呢鳳姐道這倒是你們兩個可憐他些這麼着我還得那邊去招呼那個冤家呢但是這件事好累墜若是今日不回使不得若回了恐怕老太太擱不住李紈道你去見機行事得回再回方好鳳姐點頭忙忙的去了鳳姐到了寶玉那裡聽見大夫說不妨事賈母王夫人畧覺放心鳳姐便背了寶

玉緩緩的將黛玉的事回明了賈母王夫人聽得都唬了一大跳賈母眼淚交流說道是我弄壞了他了但只是這個丫頭也忒傻氣說着便要到園裡去哭他一場又惦記着寶玉兩頭難顧王夫人等含悲共勸賈母不必過去老太太身子要緊賈母無奈只得叫王夫人自去又說你替我告訴他的陰靈並不是我忍心不來送你只爲有個親疏你是我的外孫女兒是親的了若與寶玉比起來可是寶玉比你更親些倘寶玉有些不好我怎麽見他父親呢說着又哭起來王夫人勸道林姑娘是老太太最疼的但只壽夭有定如今已經死了無可盡心只是葬禮上要上等的發送一則可以少盡偺們的心二則就是姑太

太和外甥女兒的陰靈兒也可以少安了賈母聽到這裡越發痛哭起來鳳姐恐怕老人家傷感太過明仗著寶玉心中不甚明白便偷偷的使人來撒個謊兒哄老太太道寶玉那裡找老太太呢賈母聽見纔止住淚問道不是又有什麼緣故鳳姐陪笑道沒什麼緣故他大約是想老太太的意思賈母連忙扶了珍珠兒鳳姐也跟着過來走至半路正遇王夫人過來一一回明了賈母賈母自然又是哀痛的只因要到寶玉那邊只得忍淚含悲的說道既這麼著我也不過去了由你們辦罷我看著心裡也難受只別委屈了他就是了王夫人鳳姐一一答應了賈母纔過寶玉這邊來見了寶玉因問你做什麼找我寶玉笑

道我昨日晚上看見林妹妹來了他說要回南去我想沒人留的住還得老太太給我留一留他賈母聽着說使得只管放心罷襲人因扶寶玉躺下賈母出來到寶釵這邊來那時寶釵尚未回九所以每每見了人到有些含羞之意這一天見賈母滿面淚痕遞了茶賈母叫他坐下寶釵側身陪著坐了纔問道聽得林妹妹病了不知他可好些了賈母聽了這話那眼淚止不住流下來因說道我的兒我告訴你你可別告訴寶玉都是因你林妹妹纔叫你受了多少委屈你如今作媳婦了我纔告訴你這如今你林妹妹沒了兩三天了就是娶你的那個時辰死的如今寶玉這一番病還是爲着這個你們先都在園子裡自

然也都是明白的寶釵把臉飛紅了想到黛玉之死又不免落下淚來賈母又說了一回話去了自此寶釵千回萬轉想了一個主意祗不肯造次所以過了回九纔想出這個法子來如今果然好些然後大家說話纔不至似前留神獨是寶玉雖然病勢一天好似一天他的癡心總不能解必要親去哭他一場賈母等知他病未除根不許他胡思亂想怎奈他鬱悶難堪病多反覆倒是大夫看出心病索性叫他開散了再用藥調理倒可好得快些寶玉聽說立刻要往瀟湘館來賈母等只得叫人抬了竹椅子過來扶寶玉坐上賈母王夫人即便先行到了瀟湘館內一見黛玉靈柩賈母已哭得淚乾氣絕鳳姐等再三勸住

王夫人也哭了一塲李紈便請賈母王夫人在裡間歇着猶自落淚寶玉一到想起未病之先來到這裡今日屋在人亡不禁嚎啕大哭想起從前何等親密今日死別怎不更加傷感衆人原恐寶玉病後過哀都來解勸寶玉已經哭得死去活來大家攙扶歇息其餘隨來的如寶釵俱極痛哭獨是寶玉必要叫紫鵑來見問明姑娘臨死有何話說紫鵑本來深恨寶玉見如此心裡已回過來些又有賈母王夫人都在這裡不敢灑落寶玉便將林姑娘怎麽復病怎麽燒毁帕子焚化詩稿並將臨死說的話一一的都告訴了寶玉又哭得氣噎喉乾探春趁便又將黛玉臨終囑咐帶柩回南的話也說了一遍賈母王夫人又哭

起來多虧鳳姐能言勸慰略略止些便請賈母等回去寶玉那裡肯捨無奈賈母逼着只得勉強回房賈母有了年紀的人打從寶玉病起日夜不寧今又大痛一陣已覺頭暈身熱雖是不放心惦著寶玉卻也扎掙不住回到自己房中睡下王夫人更加心痛難禁也便回去派了彩雲幫着襲人照應並說寶玉若再悲戚速來告訴我們寶釵知是寶玉一時必不能捨也不相勸只用諷刺的話說他寶玉倒恐寶釵多心也便飲泣收心歇了一夜倒也安穩明日一早眾人都來瞧他但覺氣虛身弱心病倒覺去了幾分於是加意調養漸漸的好起來賈母幸不成病惟是王夫人心痛未痊那日薛姨媽過來探望看見寶玉精

神略好也就放心暫且住下一日賈母特請薛姨媽過去商量說寶玉的命都虧姨太太救的如今想來不妨了獨委屈了你的姑娘如今寶玉調養百日身體復舊又過了娘娘的功服正好圓房要求姨太太作主另擇個上好的吉日薛姨媽便道老太太主意狠好何必問我寶丫頭雖生的粗笨心裡却還是極明白的他的情性老太太素日是知道的但願他們兩口兒言和意順從此老太太也省好些心我姐姐也安慰些我也放了心了老太太就定個日子還通知親戚不用呢賈母道寶玉和你們姑娘生來第一件大事況且費了多少周折如今纔得安逸必要大家熱鬧幾天親戚都要請的一來酬愿二則偺們吃

盃喜酒也不枉我老人家操了好些心薛姨媽聽着自然也是喜歡的便將要辦粧奩的話也說了一番賈母道偺們親上做親想我也不必這麼若說動用的他屋裡已經滿了必定寶丫頭他心愛的要你幾件姨太太就拿了來我看寶丫頭也不是多心的人比不的我那外孫女兒的脾氣所以他不得長壽說着連薛姨媽也便落淚恰好鳳姐進來笑道老太太姑媽又想著什麼了薛姨媽道我和老太太說起你林妹妹來所以傷心鳳姐笑道老太太和姑媽且別傷心我剛纔聽了個笑話兒來了意思說給老太太和姑媽聽賈母拭了拭眼淚微笑道你又不知要編派誰呢你說來我和姨太太聽聽說不笑我們可不

依只見那鳳姐未從張口先用兩隻手比著笑彎了腰了未知他說出些什麽來下回分解

紅樓夢第九十八回終

紅樓夢第九十九回

守官箴惡奴同破例　　閱邸報老舅自擔驚

話說鳳姐見賈母和薛姨媽爲黛玉傷心便說有個笑話兒說給老太太和姑媽聽未從開口先自笑了因說道老太太和姑媽打諒是那裡的笑話兒就是偺們家的那二位新姑爺新媳婦啊賈母道怎麼了鳳姐拿手比着道一個這麼坐着一個這麼站着一個這麼扭過去一個這麼轉過來一個又說到這裡賈母已經大笑起來說道你好生說罷倒不是他們兩口兒你倒把人慪的受不得了薛姨媽也笑道你往下直說罷不用比了鳳姐纔說道剛纔我到寶兄弟屋裡我聽見好幾個人笑我

只道是誰巴著窗戶眼兒一瞧原來寶妹妹坐在炕沿上寶兄弟站在地下寶兄弟拉着寶妹妹的袖子口口聲聲只叫寶姐姐你為什麼不會說話了你這麼說一句話我的病包管全好寶妹妹却扭着頭只管躲寶兄弟又作了一個揖上去又拉寶妹妹的衣裳寶妹妹急的一扯寶兄弟自然病後是脚軟的索性一栽栽在寶妹妹身上了寶妹妹急的紅了臉說道你越發比先不尊重了說到這裡賈母和薛姨媽都笑起來鳳姐又道寶兄弟站起來又笑着說虧了這一栽好容易纔栽出你的話來了薛姨媽笑道這是寶丫頭古怪這有什麼既作了兩口兒說說笑笑的怕什麼他沒見他璉二哥和你鳳姐兒紅了臉笑

道這是怎麽說我饒說笑話兒給姑媽解悶兒姑媽反到拿我打起卦來了賈母也笑道要這麽着纔好夫妻固然要和氣也得有個分寸兒我愛寶丫頭就在這尊重上頭只是我愁寶玉還是那麽傻頭傻腦的這麽說起來比頭裡竟明白多了你再說說還有什麽笑話兒没有鳳姐道明兒寶玉圓了房兒親家太太抱了外孫子那時候兒不更是笑話兒了麽賈母笑道猴兒我在這裡和姨太太想你林妹妹你來慪個笑兒還罷了怎麽臊起皮來了你不叫我們想你林妹妹你不用太高興了你林妹妹恨你將來你别獨自一個兒到園裡去隄防他拉着你不依鳳姐笑道他倒不怨我他臨死咬牙切齒倒恨寶玉呢賈

母薛姨媽聽着還道是頑話兒也不理會便道你別胡扯拉了你去叫外頭挑個狠好的日子給你寶兄弟圓了房兒罷鳳姐答應着又說了一回話兒便出去叫人擇了吉日重新擺酒唱戲請人不在話下却說寶玉雖然病好寶釵有時高興翻書觀看談論起來寶玉所有常見的尚可記憶若論靈機兒大不似先連他自己也不解寶釵明知是通靈失去所以如此倒是襲人時常說他你爲什麼把從前的靈機兒都沒有了倒是忘了舊毛病也好怎麼脾氣還照舊獨道理上更糊塗了呢寶玉聽了並不生氣反是嘻嘻的笑有時寶玉順性胡鬧虧寶釵勸着略覺收斂些襲人倒可少費些唇舌惟知悉心伏侍別的丫頭

素仰寶釵貞靜和平各人心服無不安靜只有寶玉到底是愛動不愛靜的時常要到園裡去逛賈母等一則怕他招受寒暑二則恐他睹景傷情雖黛玉之柩已寄放城外菴中然而瀟湘舘依然人亡屋在不免勾起舊病來所以也不使他去況且親戚姊妹們爲寶琴已回到薛姨媽那邊去了史湘雲因史侯回京也接了家去了又有了出嫁的日子所以不大常來只有寶玉娶親那一日與吃喜酒這天來過兩次也只在賈母那邊住下爲着寶玉已經娶過親的人又想自已就要出嫁的也不肯如從前的詼諧談笑就是有時過來也只和寶釵說話見了寶玉不過問好而已那邢岫烟却是因迎春出嫁之後便隨着邢

夫人過去李家姊妹也另住在外即同着李嬸娘過來亦不過到太太們和姐妹們處請安問好即囘到李紈那裡略住一兩天就去了所以園內的只有李紈探春惜春了賈母還要將李紈等挪進來爲着元妃薨後家中事情接二連三也無暇及此現今天氣一天熱似一天園裡尚可住得等到秋天再挪此是後話暫且不提且說賈政帶了幾個在京請的幕友曉行夜宿一日到了本省見過上司即到任拜印受事便查盤各屬州縣米糧倉庫賈政向來作京官只曉得郎中事務都是一景兒的事情就是外任原是學差也無關于吏治上所以外省州縣折收糧米勒索鄉愚這些弊端雖也聽見別人講究却未嘗身親

其事只有一心做好官便與幕賓商議出示嚴禁並諭以一經查出必定詳參揭報初到之時果然胥吏畏懼便百計鑽營偏遇賈政這般古執那些家人跟了這位老爺在都中一無出息好容易盼到主人放了外任便在京指着在外發財的名兒向人借貸做衣裳裝體面心裡想著到了任銀錢是容易的了不想這位老爺獃性發作認真要查辦起來州縣餽送一概不受門房簽押等人心裡盤算道我們再挨半個月衣裳也要當完了賬又逼起來那可怎麼樣好呢眼見得白花花的銀子只是不能到手那些長隨也道你們爺們到底還沒花什麼本錢來的我們纔冤花了若干的銀子打了個門子來了一個多月連

半個錢也沒見過想來跟這個主兒是不能撈本兒的了明兒我們齊打夥兒告假去次日果然聚齊都來告假賈政不知就裡便說要來也是你們要去也是你們既嫌這裡不好就都請便那些長隨怨聲載道而去只剩下些家人又商議道他們可去的去了我們去不了的到底想個法兒纔好內中有一個管門的叫李十兒便說你們這些沒能耐的東西着什麼急呢我見這長字號兒的在這裡不犯給他出頭如今都餓跑了瞧瞧十太爺的本領少不得本主兒依我只是要你們齊心打夥兒弄幾個錢回家受用若不隨我我也不管了橫豎拚得過你們眾人都說好十爺你還主兒信得過若你不管我們實在是死

症了李十兒道别等我出了頭得了銀錢又說我得了大分兒了窩兒裡反起來大家没意思衆人道你萬安没有的事就没有多少也强似我們腰裡掏錢正說著只見粮房書辦走來找周二爺李十兒坐在椅子上蹺着一隻腿挺着腰說道找他做什麼書辦便垂手陪着笑說道本官到了一個多月的任這些州縣太爺見得本官的告示利害知道不好說話到了這時候都没有開倉若是過了漕你們太爺們來做什麼的李十兒道你别混說老爺是有根蒂的說到那裡要是辦到那裡這兩天原要行文催兌因我說了緩幾天纔歇的你到底找我們周二爺做什麼書辦道原爲打聽催文的事没有别的李十兒道越

發叨說方纔我說催文你就信嘴胡謅可別鬼鬼祟祟來講什麼賬我叫本官打了你退你書辦道我在這衙門內已經三代了外頭也有些體面家裏還過得就規規矩矩伺候本官陞了還能彀不像那些等米下鍋的說着回了一聲二太爺我走了李十兒便站起堆着笑說這麼不禁頑幾句話就臉急了書辦道不是我臉急若再說什麼豈不帶累了二太爺的清名呢李十兒過来拉着書辦的手說你貴姓啊書辦道不敢我姓詹單名是個會字從小兒也在京裏混了幾年李十兒道詹先生我是久聞你的名的我們弟兄們是一樣的有什麼話晚上到這裏偺們說一說書辦也說誰不知道李十太爺是能事的把我

一詐就嚇毛了大家笑着走開那晚便與書辦咕唧了半夜第二天拿話去探賈政被賈政痛罵了一頓隔一天拜客裡頭吩咐伺候外頭答應了停了一會子打點已經三下了大堂上沒有人接鼓好容易叫個人來打了鼓賈政踱出煖閣站班喝道的衙役只有一個賈政也不查問在墀下上了轎等轎夫又等了好一回來齊了抬出衙門那個爆只響得一聲吹鼓亭的鼓手只有一個打鼓一個吹號筒賈政便也生氣說往常還好怎麼今兒不齊集至此擡頭看那執事却是攙前落後勉強拜客回來便傳誤班的要打有的說因沒有帽子誤的有的說是號衣當了誤的又有說是三天沒吃飯抬不動的賈政生氣打了

一兩個也就罷了隔一天管厨房的上來要錢賈政帶來銀兩付了已後便覺樣樣不如意比在京的時候倒不便了好些無奈便喚李十兒問道跟我來這些人怎樣都變了你也管管兒現在帶來銀兩早使沒有了藩庫俸銀尚早該打發京裏取去李十兒禀道奴才那一天不說他們不知道怎麽樣這些人都是沒精打彩的叫奴才也沒法兒老爺說家裏取銀子取多少現在打聽節度衙門這几天有生日别的府道老爺都上千上萬的送了我們到底送多少呢賈政道爲什麽不早說李十兒說老爺最聖明的我們新來乍到又不與别位老爺狠來往誰肯送信巴不得老爺不去好想老爺的美缺呢賈政道胡說我這

官是皇上放的不給節度做生日便叫我不做不成李十兒笑着回道老爺說的也不錯京裡離這裡狠遠凡百的事都是節度奏聞他說好便好說不好便吃不住到得明白已經遲了就是老太太太太們那個不願意老爺在外頭烈烈轟轟的做官呢賈政聽了這話也自然心裡明白道我正要問你爲什麽不說起來李十兒回說奴才本不敢說老爺旣問到這裡若不說是奴才沒良心若說了少不得老爺又生氣賈政道只要說得在理李十兒說道那些書吏衙役都是花了錢買著糧道的衙門那個不想發財俱要養家活口自從老爺到任並沒見爲國家出力倒先有了口碑載道賈政道民間有什麽話李十兒道

百姓說凡有新到任的老爺告示出的越利害越是想錢的法兒州縣害怕了好多多的送銀子收糧的時候衙門裡便說新道爺的法令明是不敢要錢這一留難叨蹬那些鄉民心裡願意花幾個錢早早了事所以那些人不說老爺好反說不諳民情便是本家大人是老爺最相好的他不多几年已巴到極頂的分兒也只爲識時達務能殼上和下睦罷了賈政聽到這話道胡說我就不識時務嗎若是上和下睦叫我與他們猫鼠同眠嗎李十兒回說道奴才爲着這點心兒不敢掩住纔這麼說若是老爺就是這樣做去到了功不成名不就的時候老爺說奴才沒良心有什麼話不告訴老爺賈政道依你怎麼做纔好

李十兒道也沒有別的趁着老爺的精神年紀裡頭的照應老太太的硬朗為顧着自已就是了不然到不了一年老爺家裡的錢也都貼補完了還落了自上至下的人抱怨都說老爺是做外任的自然弄了錢藏着受用倘遇著一兩件為難的事誰肯幫着老爺那時辦也辦不清悔也悔不及賈政道據你一說是叫我做貪官嗎送了命還不要緊必定將祖父的功勳抹了纔是李十兒回禀道老爺極聖明的人沒看見舊年犯事的幾位老爺嗎這幾位都與老爺相好老爺常說是個做清官的如今名在那裡現有幾位親戚老爺向來說他們不好的如今陞的陞遷的遷只在要做的好就是了老爺要知道民也要顧官

也要顧若是依著老爺不準州縣得一個大錢外頭這些差使誰辦只要老爺外面還是這樣清名聲原好裡頭的委屈只要奴才辦去關碍不著老爺的奴才跟主兒一場到底也要掏出良心來賈政被李十兒一番言語說得心無主見道我是要保性命的你們鬧出來不與我相干說着便踱了進去李十兒便自已做起威福鈎連內外一氣的哄着賈政辦事反覺得事事周到件件隨心所以賈政不但不疑反都相信便有幾處揭報上司見賈政古朴忠厚也不查察惟是幕友們耳目最長見得如此得便用言規諫無奈賈政不信也有辭去的也有與賈政相好在內維持的於是漕務事畢尚無隕越一日賈政無事在

書房中看書簽押上呈進一封書子外面官封上開着鎮守海門等處總制公文一角飛遞江西糧道衙門賈政拆封看時只見上寫道

金陵契好桑梓情深昨歲供職來都竊喜常依座右仰蒙雅愛許結朱陳至今佩德勿諼祗因調任海疆未敢造次奉求要懷歉仄自歎無緣今幸棨戟遥臨快慰平生之願正申燕賀先蒙翰教邊帳光生武夫額手雖隔重洋尚叨樾蔭想蒙不棄卑寒希望蔦蘿之附小兒已承青盼淑媛素仰芳儀如蒙踐諾即遣冰人途路雖遥一水可通不敢云百輛之迎敬備仙舟以俟茲修寸幅恭賀陞祺并求金允臨穎不勝待命

之至

世弟周瓊頓首

賈政看了心想兒女姻緣果然有一定的舊年因見他就了京職又是同鄉的人素來相好又見那孩子長得好在席間原提起這件事因未說定也沒有與他們說起後來他調了海疆大家也不說了不料我今陞任至此他寫書來問我看起門戶卻也相當與探春到也相配但是我並未帶家眷只可寫字與他商議正在躊躇只見門上傳進一角文書是議取到省會議事件賈政只得收拾上省候節度派委一日在公館閒坐見桌上堆着許多邸報賈政一一看去見刑部一本為報明事會看得金陵籍行商薛蟠賈政便吃驚道了不得已經提本了隨用心

看下去是薛蟠毆傷張三身死串囑屍證捏供誤殺一案賈政一拍棹道完了只得又看底下是據京營節度使咨稱緣薛蟠籍隸金陵行過太平縣在李家店歇宿與店內當槽之張三素不相認於某年月日薛蟠令店主備酒邀請太平縣民吳良同飲令當槽張三取酒因酒不甘薛蟠令換好酒張三因稱酒已沽定難換薛蟠因伊倔强將酒照臉潑去不期去勢甚猛恰值張三低頭拾箸一時失手將酒碗擲在張三顖門皮破血出逾時殞命李店主趨救不及隨向張三之母告知伊母張王氏往看見已身死隨喊稟地保赴縣呈報前署縣詣驗仵作將骨破一寸三分及腰眼一傷漏報填格詳府審轉看得薛蟠實係潑

酒失手擲碗誤傷張三身死將薛蟠照過失殺人准鬭殺罪收贖等因前來臣等細閱各犯証屍親前後供詞不符且查鬭殺律註云相爭爲鬭相打爲毆必實無爭鬭情形邂逅身死方可以過失殺定擬應令該節度審明實情妥擬具題今據該節度疏稱薛蟠因張三不肯換酒醉後拉着張三右手先毆腰眼一拳張三被毆回罵薛蟠將碗擲出致傷顖門深重骨碎腦破立時殞命是張三之死實由薛蟠以酒碗砸傷深重致死自應以薛蟠擬抵將薛蟠依鬭殺律擬絞監候吳良擬以杖徒承審不實之府州縣應請以下註著此稿未完賈政因薛姨媽之託曾托過知縣若請旨革審起來牽連着自己好不放心即將下一

本開看偏又不是只好翻來覆去將報看完終沒有接這一本的心中狐疑不定更加害怕起來正在納悶只見李十兒進來請老爺到官廳伺候去大人衙門已經打了二鼓了賈政只是發怔沒有聽見李十兒又請一遍賈政道這便怎麼處李十兒道老爺有什麼心事賈政將看報之事說了一遍李十兒道老爺放心若是部裡這麼辦了還算便宜薛大爺呢奴才在京的時候聽見薛大爺在店裡叫了好些媳婦兒都喝醉了生事直把個當槽兒的活活兒打死了奴才聽見不但是托了知縣還求璉二爺去花了好些錢各衙門打通了纔提的不知道怎麼部裡沒有弄明白如今就是鬧破了也是官官相護的不過認

們承審不實革職處分罷咧那裡還肯認得銀子聽情的話呢老爺不用想等奴才再打聽罷倒別誤了上司的事賈政道你們那裡知道只可惜那知縣聽了一個情把這個官都丢了還不知道有罪沒有罪李十兒道如今想他也無益外頭伺候着好半天了請老爺就去罷賈政不知節度傳辦何事且聽下回分解

紅樓夢第九十九回終

紅樓夢第一百回

破好事香菱結深恨　悲遠嫁寶玉感離情

話說賈政去見節度進去了半日不見出來外頭議論不一李十兒在外也打聽不出什麼事來便想到報上的飢荒實在也着急好容易聽見賈政出來了便迎上來跟着等不得回去在無人處便問老爺進去這半天有什麼要緊的事賈政笑道並沒有事只爲鎮海總制是這位大人的親戚有書來囑托照應我所以說了些好話又說我們如今也是親戚了李十兒聽得心內喜歡不免又壯了些胆子便竭力慫恿賈政許這親事賈政心想薛蟠的事到底有什麼罣礙在外頭信息不通難以打

縣故回到本任來便打發家人進京打聽順便將摠制求親之事回明賈母如若願意即將三姑娘接到任所家人奉命趕到京中回明了王夫人便在吏部打聽得賈政並無處分惟將署太平縣的這位老爺革職即寫了稟帖安慰了賈政然後住着等信且說薛姨媽爲著薛蟠這件人命官司各衙門內不知花了多少銀錢纔定了誤殺具題原打量將當鋪折變給人條銀贖罪不想刑部駁審又托人花了好些錢總不中用依舊定了個死罪監着守候秋天大審薛姨媽又氣又疼日夜啼哭寶釵雖時常過來勸解說是哥哥本來沒造化承受了祖父這些家業就該安安頓頓的守着過日子在南邊已經鬧的不像樣便

是香菱那件事情就了不得因為仗著親戚們的勢力花了些銀錢這算白打死了一個公子哥哥就該改過做起正經人來也該奉養母親纔是不想進了京仍是這樣媽媽為他不知受了多少氣哭掉了多少眼淚給他娶了親原想大家安安逸逸的過日子不想命該如此偏偏娶的嫂子又是一個不安靜的所以哥哥躲出門去真正俗語說的寃家路兒狹不多几天就鬧出人命來了媽媽和二哥哥也算不得不盡心的了花了銀錢不算自己還求三拜四的謀幹無奈命裏應該也算自作自受大凡養兒女是為着老來有靠便是小戶人家還要掙一碗飯養活母親那裏有將現成的鬧光了反害的老人家哭的死

去活來的不是我說哥哥的這樣行爲不是兒子竟是個冤家對頭媽媽再不明白明哭到夜夜哭到明又受嫂子的氣我呢又不能常在這裡勸解我看見媽媽這樣那裡放得下心他雖說是儍也不肯叫我回去前兒老爺打發人出來許看見京報唬的了不得所以纔叫人來打點的我想哥哥鬧了事擔心的人也不少幸虧我還是在跟前的一樣若是離鄉調遠聽見了這個信只怕我想媽媽也就想殺了我求媽媽暫且養養神趁哥哥的活口現在問問各處的賬目人家該僧們的僧們該人家的亦該請個舊夥計來算一算看看還有几個錢沒有薛姨媽哭着說道這几天爲鬧你哥哥的事你來了不是你勸我就

是我告訴你衙門的事你還不知道京裡官商的名字已經退了兩個當鋪已經給了人家銀子早拿來使完了還有一個當鋪管事的逃了虧空了好幾千兩銀子也夾在裡頭打官司你二哥哥天天在外頭要賬料着京裡的賬已經去了幾萬銀子只好拿南邊公分裡銀子和住房折變纔彀前兩天還聽見一個荒信說是南邊的公分當鋪也因爲折了本兒收了要是這麼着你娘的命可就活不成了說着又大哭起來寶釵也哭着勸道銀錢的事媽媽操心也不中用還有二哥哥給我們料理單可恨這些夥計們見偺們的勢頭兒敗了各自奔各自的去也罷了我還聽見說幫著人家來擠我們的訛頭可見我哥哥

活了這麼大交的人總不過是些個酒肉弟兄急難中是一個沒有的媽媽要是疼我聽我的話有年紀的人自已保重些媽媽這一輩子想來還不至挨凍受餓家裡這點子衣裳傢伙只好任凴嫂子去那是沒法兒的了所有的家人老婆們瞧他們也沒心在這裡了該去的叫他們去只可憐香菱苦了一輩子只好跟著媽媽實在短什麼我要是有的還可以拿些個來料我們那個也沒有不依的就是襲姑娘也是心術正道的他聽見偺們家的事他倒提起媽媽來就哭我們那一個還打諒沒事的所以不大着急要聽見了也是要唬個半死兒的薛姨媽不等說完便說好姑娘你可別告訴他他為一個林姑娘几乎

没要了命如今纔好了些要是他急出個原故來不但你添一層煩惱我越發没了依靠了寶釵道我也是這麽想所以總没告訴他正說着只聽見金桂跑來外間屋裡哭喊道我的命是不要的了男人呢已經是没有活的分兒了偺們如今索性鬧一鬧大夥兒到法場上去拚一拚說着便將頭往隔斷板上亂撞撞的披頭散髮氣的薛姨媽白瞪着兩隻眼一句話也說不出來還虧了寶釵嫂子長嫂子短好一句歹一句的勸他金桂道姑奶奶如今你是比不得頭裡的了你兩口兒好好的過日子我是個單身人兒要臉做什麽說着就要跑到街上回娘家去虧了人還多拉住了又勸了半天方住把個寶琴唬的再不

敢見他若是薛蝌在家他便抹粉施脂描眉畫鬓奇情異致的打扮收拾起來不時打從薛蝌住房前過或故意咳嗽一聲明知薛蝌在屋裡特問房裡是誰有時遇見薛蝌他便妖妖調調嬌嬌痴痴的問寒問煖忽喜忽嗔丫頭們看見都連忙躲開他自己也不覺得只是一心一意要弄的薛蝌感情時好行寶蟾之計那薛蝌却只躲着有時遇見也不敢不周旋他倒是怕他撒潑放刁的意思更加金桂一則為色迷心越瞧越愛越想越幻那裡還看的出薛蝌的真假來只有一宗他見薛蝌有什麽東西都是托香菱收着衣服縫洗也是香菱兩個人偶然說話他來了急忙散開一發動了一個醋字欲待發作薛蝌却是捨

不得只得將一腔隱恨都擱在香菱身上却又恐怕鬧了香菱得罪了薛蝌倒弄的隱忍不發一日寶蟾走來笑嘻嘻的向金桂道奶奶看見了二爺沒有金桂道沒有寶蟾笑道我說二爺的那種假正經是信不得的偺們前兒送了酒去他說不會喝剛纔我見他到太太那屋裡去臉上紅撲撲兒的一臉酒氣奶奶不信回來只在偺們院子門口兒等他他打那邊過來奶奶叫住他問問看他說什麼金桂聽了一心的惱意便道他那裡就出來了呢他既無情義問他作什麼寶蟾道奶奶又迂了他好說偺們也好說他不好說偺們再另打主意金桂聽着有理因叫寶蟾瞧着他看他出去了寶蟾答應著出來金桂却去打

開鏡奩又照了一照把嘴唇兒又抹了一抹然後拿一條洒花絹子纔要出來又像忘了什麼的心裡倒不知怎麼是好了只聽寶蟾外面說道二爺今日高興啊那裡喝了酒來了金桂聽了明知是叫他出來的意思連忙掀起簾子出來只見薛蝌和寶蟾說道今日是張大爺的好日子所以被他們強不過吃了半鍾到這時候臉還發燒呢一句話沒說完金桂早接口道自然人家外人的酒比偺們自已家裡的酒是有趣兒的薛蝌被他拿話一激臉越紅了連忙走過來陪笑道嫂子說那裡的話寶蟾見他二人交談便躲到屋裡去了這金桂初時原要假意發作薛蝌兩句無奈一見他兩頰微紅雙眸帶澁別有一種謹

愿可憐之意早把自已那驕悍之氣感化到爪窪國去了因笑說道這麽說你的酒是硬強着纔肯喝的呢薛蝌道我那裡喝得來金桂道不喝也好強如像你哥哥喝出亂子來明兒娶了你們奶奶兒像我這樣守活寡受孤單呢說到這裡兩個眼已經乜斜了兩腮上也覺紅暈了薛蝌見這話越發邪僻了打算着要走金桂也看出來了那裡容得早已走過來一把拉住薛蝌急了道嫂子放尊重些說著渾身亂顫金桂索性老着臉道你只管進來我和你說一句要緊的話正鬧着忽聽背後一個人叫道奶奶香菱來了把金桂唬了一跳回頭瞧時却是寶蟾掀着簾子看他二人的光景一抬頭見香菱從那邊來了赶忙

知會金桂金桂這一驚不小手已鬆了薛蝌得便脫身跑了那香菱正走着原不理會忽聽寶蟾一嚷纔瞧見金桂在那裡拉住薛蝌往裡死拽香菱却唬的心頭亂跳自己連忙轉身回去這裡金桂早已連嚇帶氣獃獃的瞅着薛蝌去了怔了半天恨了一聲自己掃興歸房從此把香菱恨入骨髓那香菱本是要到寶琴那裡剛走出腰門看見這般嚇回去了是日寶釵在賈母屋裡聽得王夫人告訴老太太要聘探春一事賈母說道既是同鄉的人狠好只是聽見說那孩子到過我們家裡怎麽你老爺没有提起王夫人道連我們也不知道賈母道好是好但只道兒太遠雖然老爺在那裡倘或將來老爺調任可不是我

們孩子太单了嗎王夫人道兩家都是做官的也是拿不定或者那邊還調進來卽不然終有個葉落歸根况且老爺既在那裡做官上司已經說了好意思不給麼想來老爺的主意定了只是不敢做主故遣人來回老太太的賈母道你們願意更好但是三丫頭這一去了不知三年兩年那邊可能回家若再遲了恐怕我趕不上再見他一面了說着掉下淚來王夫人道孩子們大了少不得總要給人家的就是本鄉本土的人除非不做官還使得要是做官的誰保的住總在一處只要孩子們有造化就好譬如迎姑娘倒配的近呢偏時常聽見他和女婿打鬧甚至於不給飯吃就是我們送了東西去他也摸不着近來

聽見益發不好了也不放他回來兩口子拌起來就說偺們使了他家的銀錢可憐這孩子總不得個出頭的日子前兒我惦記他打發人去瞧他迎丫頭藏在耳房裡不肯出來老婆們必要進去看見我們姑娘這樣冷天還穿着几件舊衣裳他一包眼淚的告訴老婆們說回去別說我這麼苦這也是我命裡所招也不用送什麼衣裳東西來不但摸不着反要添一頓打說是我告訴的老太太想想這倒是近處眼見的若不好更難受倒虧了大太太也不理會他大老爺也不出個頭如今迎姑娘實在比我們三等使喚的丫頭還不及我想探丫頭雖不是我養的老爺既看見過女婿定然是好纔許的只請老太太示下

擇個好日子多派几個人送到他老爺任上該怎麽着老爺也不肯將就賈母道有他老子作主你就料理妥當揀個長行的日子送去也就定了一件事王夫人答應著是寶釵聽的明白也不敢則聲只是心裡叫苦我們家的姑娘們就算他是個尖兒如今又要遠嫁眼看着這裡的人一天少似一天了見王夫人起身告辭出去他也送出来了一逕回到自巳房中並不與寶玉說知見襲人獨自一個做活便將聽見的話說了襲人也很不受用却說趙姨娘聽見探春這事反喜歡起來心裡說道我這個丫頭在家忒瞧不起我我何從還是個娘比他的丫頭還不濟况且洑上水護著別人他擋在頭裡連環兒也不得出

頭如今老爺接了去我倒干凈想要他孝敬我不能彀了只願意他像迎丫頭是的我也稱稱願一面想着一面跑到探春那邊與他道喜說姑娘你是要高飛的人了到了姑爺那邊自然比家裡還好想來你也是願意的就是養了你一塲並沒有借你的光兒就是我有七分不好也有三分的好也別說一去了把我擱在腦杓子後頭探春聽著毫無道理只低頭作活一句也不言語趙姨娘見他不理氣忿忿的自已去了這裡探春又氣又笑又傷心也不過自已掉淚而已坐了一回悶悶的走到寶玉這邊來寶玉因問道三妹妹我聽見林妹妹死的時候你在那裡來着我還聽見說林妹妹死的時候遠遠的有音樂之

聲或者他是有來歷的也未可知探春笑道那是你心裡想着罷了但只那夜却怪不像人家鼓樂的聲兒你的話或者也是寶玉聽了更以爲實又想前日自已神魂飄蕩之時曾見一人說是黛玉生不同人死不同鬼必是那裡的仙子臨凡又想起那年唱戲做的嫦娥飄飄艷艷何等風致過了一回探春去了因必要紫鵑過來立刻回了賈母去叫他無奈紫鵑心裡不願意雖經賈母王夫人派了過來自已沒法却是在寶玉跟前不是唉聲就是歎氣的寶玉背地裡拉着他低聲下氣要問黛玉的話紫鵑從沒好話回答寶釵倒背地裡誇他有忠心並不嗔怪他那雪雁雖是寶玉娶親這夜出過力的寶玉見他心地不

甚明白便叫了賈母王夫人將他配了一個小厮各自過活去了王奶媽養着他將來好送黛玉的靈柩回南鸚哥等小丫頭仍舊伏侍老太太寶玉本想念黛玉因此及彼又想跟黛玉的人已經雲散更加納悶悶到無可如何忽又想黛玉死的這樣清楚必是離凡返仙去了反又歡喜忽然聽見襲人和寶釵那裡講究探春出嫁之事寶玉聽了啊呀的一聲哭倒在炕上唬得寶釵襲人都來扶起說怎麼了寶玉早哭的說不出來定了一回子神說道這日子過不得了我姊妹們都一個一個的散了林妹妹是成了仙去了大姐姐呢已經死了這也罷了沒天天在一塊兒二姐姐碰著了一個混賬不堪的東西三妹妹又

要遠嫁總不得見的了史妹妹又不知要到那裡去薛妹妹是有了人家兒的這些姐姐妹妹難道一個都不留在家裡單留我做什麼襲人忙又拿話解勸寶釵擺着手說你不用勸他等我問他因問著寶玉道據你的心裡要這些姐妹都在家裡陪到你老了都不爲終身的事嗎要說别人或者還有别的想頭你自己的姐姐妹妹不用說沒有遠嫁的就是有老爺作主你有什麼法兒打量天下就是你一個人愛姐姐妹妹呢要是都像你就連我也不能陪着你了大凡人念書原爲的是明理怎麽你越念越糊塗了呢這麽說起來我和襲姑娘各自一邊兒去讓你把姐姐妹妹們都邀了來守着你寶玉聽了兩隻手拉

住寶釵襲人道我也知道爲什麼散的這麼早呢等我化了灰的時候再散也不遲襲人掩着他的嘴道又胡說了纔這兩天身上好些二奶奶纔吃些飯你要是又鬧翻了我也不管了寶玉聽他兩個人說話都有道理只是心上不知道怎麼着纔好只得說道我都明白但只是心裡鬧得慌寶釵也不理他暗叫襲人快把定心丸給他吃了慢慢的開導他襲人便欲告訴探春說臨行不必來辭寶釵道這怕什麼等消停幾日他心裡明白了還要叫他們多說句話兒呢況且三姑娘是極明白的人不像那些假惺惺的人少不得有一番箴諫他巳後就不是這樣了正說着賈母那邊打發過鴛鴦來說知道寶玉舊病又發

叫襲人勸說安慰叫他不用胡思亂想襲人答應了鴛鴦坐了一會子去了那賈母又想起探春遠行雖不全備粧奩其一應動用之物俱該預備便把鳳姐叫來將老爺的主意告訴了一遍叫他料理去鳳姐答應不知怎麼辦理下回分解

紅樓夢第一百回終